백수귀족 판타지 장편소설

WISHBOOKS FANTASY STORY

바바리안

퀘스트

 10

백수귀족 판타지 장편소설

초판 1쇄 찍은 날 | 2019년 1월 18일
초판 1쇄 펴낸 날 | 2019년 1월 25일

지은이 | 백수귀족
펴낸이 | 예경원

기획 | 위시북스
편집책임 | 이규재
편집 | 위시북스

펴낸곳 | 예원북스
등록번호 | 제396-2012-000132호
등록일자 | 2012. 7. 25
KFN | 제1-362호

주소 | 경기도 고양시 일산동구 호수로 646-24 위너스21II빌딩 206A호 (우)10401
전화 | 031-819-9431 팩스 | 031-817-9432
E-mail | yewonbooks@naver.com

ⓒ백수귀족, 2018

ISBN 979-11-89824-06-8 04810
        979-11-6098-950-2 (set)

백수귀족 판타지 장편소설
WISHBOOKS FANTASY STORY

바바리안

10

퀘스트

Wish Books

CONTENTS

Chapter 1

서기관의 노예 게오르크.

그는 주인을 배신하고 그 부인과 간통을 했다.

'사랑해요, 게오르크.'

'이 배은망덕한 쓰레기야!'

두 사람의 목소리가 뇌리를 스쳤다. 게오르크는 서서히 눈
을 떴다. 죄의식이 없다면 거짓말이다. 어쩌면 그들 곁으로 가
고 싶었을지도 모른다. 그것 때문일까, 게오르크는 평소라면
하지 않았을 위험천만한 임무조차 기꺼이 맡았다.

희미한 빛이 게오르크의 눈동자를 두드렸다.

게오르크는 짙은 피 냄새 속에 잠겨 있었다. 그는 빈말로도
싸움을 잘하는 사내는 아니었다. 혓바닥을 굴려가며 병사를

독려하는 게 전부다.

'아직 내가 살아 있나?'

게오르크가 눈을 깜빡였다. 기억이 떠올랐다.

'우린 싸웠었지. 이긴 건가?'

게오르크가 속한 용병대와 몇몇 야만인은 마을 바깥에 있는 제국군과 싸웠다. 마을에서 싸우는 만큼 바깥에서도 전투가 치열했었다.

'시간을 버는 게 고작이었지.'

게오르크는 자신을 둘러싼 시체를 밀어내며 몸을 일으켰다.

"후하!"

길게 숨을 내쉬며 주변을 둘러봤다. 듬성듬성 부상을 입은 전사와 용병들이 고개를 들고 있었다.

"게오르크, 내 손을 잡아."

유릭이 손을 뻗으며 게오르크를 불렀다.

"어쨌거나 이겼군요."

게오르크가 유릭의 손을 잡으며 일어섰다. 그가 깊게 베인 다리를 절뚝였다. 게오르크도 부상을 입어서 몸 상태가 엉망이었다.

하늘에서는 까마귀들이 맴돌고 있었다. 그들은 시체가 썩기만을 기다렸다.

"이렇게 살아남을 줄이야."

게오르크가 주저앉아서 물을 마시며 숨을 돌렸다.

'위대한 승리다. 압도적인 열세를 기백과 전략만으로 뒤집었어.'

지금까지 이런 전투는 듣도 보도 못했다. 삼천도 되지 않는 야만전사로 두 배가 되는 제국군을 무찔렀다.

'어중간한 제국군이 아니라, 모든 병종이 고루 섞인 군단급 제국군이었지.'

게오르크가 허탈하게 웃었다. 살아남았다는 기쁨조차 현실감이 없었다.

"오우-우-우-우!"

야만인들이 연거푸 고함을 지르며 승리를 자축했다. 그들의 몸에 밴 짙은 화상은 보기만 해도 끔찍했다.

'쓸 수 있는 수단은 모두 썼지.'

문명인이라면 쓰지 못할 방법들이었다. 사람부터 가축까지, 그리고 오랜 세월 동안 가다듬어온 마을과 영지조차 태워 버렸다.

'그렇게 승리했다.'

전사들은 열광했다. 유릭의 이름을 몇 번이나 부르짖었다.

"적의 지휘관은 붙잡았습니까? 이 정도면 아마 추격부대 중에서도 주력군이었을 겁니다. 아마 제국에서 대단히 높으신 분을 지휘관으로 보냈을 텐데……."

"아니, 중간에 놓쳤어."

유릭이 반쯤 타버린 나뭇더미 위에 앉았다. 그는 숨을 쉴 때마다 시커먼 연기를 내뱉었다.

"따끔하군."

유릭은 화상을 입은 피부에 물을 뿌려 식혔다. 단단한 근육조차 화염을 이겨내진 못했다.

물에 젖은 가죽을 뒤덮고 싸운 전사들이 이 모양이었다. 철제무구를 입은 제국군은 죽을 맛이었을 터다.

'같이 죽자는 식으로 마을을 태우며 공격할 줄은 아무도 상상치 못했겠지.'

작전의 발안자는 유릭이었다. 게오르크는 듣자마자 미친 짓이라 말했지만, 전사들은 묵묵히 고개를 끄덕이며 유릭의 명령에 따랐다. 그들은 마을에 장작더미를 설치하고 곳곳에 기름통을 배치했었다.

유릭은 전사들에게 필요 이상의 학살과 고문을 저지르라 명령했다. 그러곤 공포에 빠진 주민들을 석방해 제국군을 교란하는 장애물로 사용했다.

아직도 마을 한구석에서는 주민들이 벌벌 떨고 있었다. 그들 중에서는 발디마의 영주도 있었다. 믿었던 제국군마저 야만인에게 대패했다.

"유릭, 저들은 어떡하지? 죽일까?"

유릭 곁에 다가온 전사가 명령을 기다렸다.

"저 사람들은 이미 충분한 고통을 겪었어. 여자든 아이든 건드리지 마."

유릭이 서늘하게 내뱉었다. 전사들에게 겁탈을 금지했다. 평소라면 씨알도 먹히지 않을 말이다. 하지만 지금 살아남은 전사들에게 유릭은 전쟁의 신과 같았다.

"알았어. 그렇게 말해두지."

다른 전사에게도 유릭의 뜻이 퍼졌다. 전사들은 마을 주민을 본 체도 하지 않았다. 여자를 겁탈하는 불상사도 일어나지 않았다. 그들은 오래지 않아 발디마 마을을 떠났다.

숲으로 들어간 유릭의 부대는 깨끗한 물로 상처를 씻고 며칠간의 휴식을 취했다. 상처 입고 지친 전사들에게는 휴식이 필요했다.

유릭은 발디마 마을에서 약탈한 식량으로 버티며 향후 계획을 세웠다.

"일단은 다른 흩어진 부대와 합류하는 게 먼저겠지. 다들 서쪽으로 움직이고 있을 거야."

"어차피 아르텐 전초기지로 가다 보면 만날 거요."

"다들 생각이 비슷하다면 랑케가트 경로를 타서 이동할 거야. 그쪽은 우리가 초토화시킨 곳이니까 방어병력도 없을 터."

계획이라 해봐야 거창한 건 없었다. 합류하고 뭉쳐서 다음 일을 도모해야 했다.

'그리고 끝장을 봐야겠지.'

유릭이 지도를 물끄러미 바라봤다. 제국과 서부의 관계는 돌이킬 수 없는 적대적 관계였다. 어느 한쪽이 굴복하기 전에서는 멈추지 않을 전쟁이다.

'아니면 야일루드를 끊어버리고…… 아니, 야일루드를 끊어도 제국은 분명 어떤 방법을 써서라도 하늘산맥을 넘을 거다. 분명 야일루드와 비슷한 무언가를 다시 만들겠지.'

이미 서부인들은 제국을 크게 흔들었다. 속국 중 하나인 랑케가트는 망국이나 다름없는 처지였다. 제국은 2만의 병력을 동원하고도 야만인들을 뿌리 뽑지 못했다. 제국의 위신이 땅에 떨어질 터다.

삐걱.

유릭이 의자에 등을 기댔다. 목과 어깨를 휘감은 화상이 쓰렸다. 그는 문명세계에서 있었던 일들을 하나씩 곱씹었다.

"나는 아르텐 전초기지로 가지 않는다."

유릭이 선언했다.

제국군은 패하지도 승리하지도 못했다. 회전에서는 승리했으나, 추격전에서 크나큰 손실을 입고 말았다. 추격전에서는 대패한 거나 마찬가지였다.

"장군, 곧 하멜에 도착합니다."

하멜로 귀환하는 제국군의 행렬은 우울했다.

'추격대 셋 중에 성과를 거둔 부대가 하나뿐이라니……'

특히나 카르니우스가 이끈 부대의 피해는 무지막지했다. 칠천 중에 살아남은 병력은 천도 되지 않았다. 주요 손실도 제국의 중보병과 기사들이었다.

'사실상 패한 거나 마찬가지다.'

제국의 손실은 아득했다. 서부군단의 전멸에 이어서 제국상비군의 절반 정도를 잃었다.

제국의 상비군은 전문군인들이었다. 징집병 따위와는 질적으로 다른 병력이다. 용병이나 싸움꾼을 모아서 병력 숫자를 다시 채우는 건 어렵지 않으나, 그들은 훈련받은 제국군인이 아니었다.

중보병이 주축인 제국상비군은 같은 숫자라도 왕국군의 두 배 정도의 전투력을 발휘한다. 그리고 그만큼의 자원을 투자한 고급인력이다.

"피곤하군."

카르니우스가 멍한 눈으로 하멜을 바라봤다.

카르니우스는 쉴 틈도 없이 제국의 청문회에 불려갔다. 관료들과 친황제파 귀족들에게 책임을 추궁당했다.

"어째서 전투가 끝난 직후에 부대를 셋으로 나눈 거요?"

"그건 적들도 세 갈래로 도망갔기에 완전한 섬멸을 위해서였소."

"전장에서 아들을 잃고 흥분해 오판한 게 아니오? 그게 아니라면 어떻게 추격전에서 이런 결과가 나올 수 있단 말이오!"

"말이 심하오! 카르니우스 장군은 아직 전투의 여독조차 풀지 못하고 이 자리로 왔소이다!"

카르니우스의 절친한 동료이자 부관인 기사들이 옆에서 외쳤다.

'이런 질책을 받기 위해 내가 살아남은 것인가?'

카르니우스는 혼란스러운 와중에 씁쓸하게 웃었다. 너무나 많은 걸 잃었다. 아들과 수십 년 지기들을 떠나보냈다.

"카르니우스 장군! 당신은 중보병과 기사들만 해도 3천에 달하는 7천의 병력을 이끌고 절반도 되지 않는 야만인 군대에게 패했소! 이게 말이 되는 소리요?"

카르니우스 대신에 부관들이 항변했다.

"악귀 같은 놈이었소. 마을을 불사르고 같이 죽을 각오로 싸운 놈들이오."

그 말에 배불뚝이 귀족들이 웃었다.

"그렇다면 당신들도 죽을 각오로 싸웠어야지! 제국과 황제 폐하를 위해 목숨을 바치려고 나라의 녹을 받으며 호의호식한

게 아니오!"

추궁은 끝이 나지 않았다.

카르니우스의 목에 감긴 붕대에서 피가 배어 나왔다. 얼굴
이 벌게진 나머지 상처가 터졌다.

"일단은 야만인들이 물러날 것이오. 우리 못지않게 많은 피
해를 입었으니까 말이오."

카르니우스가 힘겹게 말했다.

"하, 거참. 그게 문제요! 2만의 군대를 이끌고 고작해야 패퇴
시킨 게 전부라니!"

제국이 원한 건 완벽한 승리였다. 야만인의 군대를 섬멸하
고 남은 자들을 포로로 잡는 것. 나아가 서부를 정벌하는 것
이다.

'서부는 미지의 땅이지.'

귀족들은 어느새 서부를 두려워했다. 군단 하나를 집어삼
킨 공포의 땅.

문명인들은 서부에 무엇이 있는지 모른다. 혹시라도 지금보
다 더 많은 군대가 튀어나온다면 문명세계에 큰 재앙이 닥칠
터다. 쉽사리 서부정벌에 병력을 더 투자하기도 힘든 상황이었
다. 정찰의 실패와 정보의 부재는 뼈아팠다.

'이들은 서부의 야만인들을 두려워하고 있다.'

귀족들의 두려움이 카르니우스에게 스며들었다. 카르니우

스는 자조하며 피가 새어 나오는 붕대의 겉면을 매만졌다.

카르니우스는 눈을 감았다. 아직도 발디마의 전투가 생생했다. 불구덩이를 뛰쳐나오던 거구의 야만인 수장.

'북부용자 미요른의 재림인가……'

삼십여 년 전에 홀연히 나타나 북부를 통합한 용자 미요른.

건국 오십 년, 그 역사 동안 제국을 공포로 몰아넣었던 유일한 존재가 미요른이었다. 사람들은 통합된 북부를 두려워하며 남하하는 야만인들을 피해 도망갔다. 귀족들조차 야만인들의 기세에 벌벌 떨었다.

'검귀 페르젠은 군대를 이끌고 미요른의 목을 쳤지.'

카르니우스는 자신의 처지가 너무나 처량했다.

'나는 평생 당신을 넘을 수가 없는 것 같소, 페르젠.'

엄연히 따지면 카르니우스는 목적의 절반은 달성했다. 하지만 친황제파와 관료들은 그런 반쪽짜리 승리는 알아주지 않았다. 완벽한 승리를 해내지 못한 카르니우스를 모욕하기만 했다.

"황제폐하께서 나중에 따로 부르실 거요. 오늘은 이만 들어가시오, 장군."

카르니우스는 목의 상처를 감싸며 어기적어기적 걸어서 회관을 나갔다.

바깥에서는 그의 가신들이 카르니우스를 마중했다. 그들

뒤로는 곱게 주름진 부인의 얼굴이 보였다.

"부인……:"

카르니우스가 입을 뗐다. 부인은 눈물을 훔치며 뒤로 돌아섰다. 아들을 잃고 돌아온 아비에게 할 말도 없다는 듯이.

카르니우스는 등을 돌린 부인을 보곤 고개를 떨궜다. 예전부터 리오를 무관으로 키우는 걸 반대했던 부인이다. 여인들과 책을 가까이하는 사내들 사이에서는 칼을 쓰는 시대는 지났다는 말이 떠돌곤 했었다. 그런 풍토가 카르니우스는 마음에 들지 않았다.

많은 구세대 귀족과 기사들이 그랬듯이, 카르니우스는 시대의 흐름을 무시하며 아들에게 검술과 군사학을 가르쳤다.

'그 결과가 고작 이거라니, 할 말이 없구려.'

카르니우스는 가신들의 부축을 받으며 마차에 올라탔다.

"장군!"

아직도 갑옷을 벗지 못한 기사 하나가 황급히 다가오며 마차를 세웠다. 그는 이번 전투에 카르니우스와 함께 했던 기사였다.

"무슨 일인가?"

"유릭이라는 이름이 낯설지 않아 조사를 했습니다. 아마도 그 유릭이 맞는 듯합니다."

"그 유릭이라니?"

"하멜 마상창시합에서 우승했던 최초의 야만인 말입니다."

카르니우스가 조용히 기억을 더듬었다. 그의 눈동자가 커졌다.

"동명이인일 가능성은?"

"가까이서 생김새를 본 병사들의 말을 들어보면 거의 확실합니다."

"그 사내에 대한 소문과 정보를 모두 모아 오게."

카르니우스가 금화 주머니를 꺼내 기사에게 건넸다. 기사는 고개를 끄덕이며 다시 말고삐를 당겼다.

유릭과 함께했던 전사들은 서쪽으로 이동해 아르텐 전초기지에서 사미칸과 합류할 예정이었다.

연맹군은 추격전에서 의외로 성과를 거뒀고, 덕분에 아르텐 전초기지에서 재집결할 시간을 벌었다. 패전에 가까운 피해를 입은 제국군도 재정비가 필요했다.

문명인들은 벌벌 떨었다. 제국군과 싸우고도 살아남은 야만인들이 문명세계를 떠돌고 있었다. 그들은 닥치는 대로 약탈하고 어른, 아이 할 것 없이 죽였다.

야만인과 마주하고도 살아남은 주민과 병사들의 입을 통해 공포는 전염병처럼 번져 갔다.

"제국군조차 놈들을 당해내지 못했어."

"카르니우스 장군이 졌다고 하더군."

"카르니우스가 누군데?"

"그 높으신 장군 말이야. 하여튼 대단한 장군도 야만인을 막지 못하는군."

제국군의 위상이 땅에 떨어졌다. 흩어진 야만인들은 농가와 마을을 습격하며 아르텐 전초기지로 모여들었다.

유릭은 소수만 이끌고 북쪽으로 향했다. 그의 곁에 있는 자들은 게오르크와 전사 십여 명이 전부였다.

"정말로 아르텐 전초기지로 가지 않을 생각입니까?"

게오르크가 불만이 가득한 표정으로 되물었다.

"그렇다니까, 몇 번을 물어?"

유릭이 말에 탄 채로 물주머니를 들어 물을 마셨다.

"제 생각에는 사미칸과 빨리 합류하는 게 나을 것 같습니다만……"

게오르크는 다짜고짜 북쪽으로 가는 유릭을 이해하지 못했다. 전사들이야 유릭을 맹목적으로 믿었지만, 게오르크에게는 합리적인 이유가 필요했다.

"서부에서 더 뽑아낼 수 있는 병력에는 한계가 있어. 다시 한번 소집해서 짜내도 1만을 좀 넘는 게 전부겠지. 우린 외부병력이 더 필요해. 용병이든 뭐든."

"그래서 북부로 가면 방도가 있단 말입니까?"

"거기엔 제국을 싫어하는 북부인이 있잖아. 뭐, 도움이 될 만한 자들도 있겠지."

"그런 안일한 생각으로 북부에 간다는 말입니까? 맙소사, 차라리 그 상상 속의 왕족 친구에게 병력을 빌려달라고 하시죠."

게오르크가 경악했다.

'제길, 나도 그냥 떠날 걸 그랬다. 내가 무슨 부귀영화를 더 보겠다고 이 야만인에게 아직 붙어 있는 걸까…….'

많은 용병들이 지금까지 약탈한 재물만 챙기고 떠났다. 제국군의 피해도 컸지만, 장기적으로 보면 연맹군이 불리한 건 여전했다. 유릭은 떠나는 용병들을 잡지 않았다.

"여행한다고 생각해. 노예 출신이니 이렇게 자유로이 다녀보지 못했을 거 아니야."

유릭이 게오르크의 어깨를 툭툭 쳤다. 그러곤 다른 전사들과 농담을 하며 웃었다.

'발디마의 전사들…….'

발디마에서 유릭과 함께 싸운 전사들은 크든 작든 화상자국을 여럿 가지고 있었다. 그들은 불리한 전투를 유릭과 함께 이겨냈다는 자부심이 대단했다. 그들은 화상자국을 긍지로 삼으며 소속감을 공유했다.

유릭과 전사들은 그저 떠돌이 용병들로 보였다. 그들은 문명인 복식을 갖추고 다녔다. 하지만 언어만큼은 숨길 수 없는지라 마을을 피해 다녔다.

"유릭, 슬슬 식량이 떨어져 가는데 저놈들 어때?"

전사가 지평선 끄트머리에서 접근하는 상인 무리를 바라봤다. 마차 세 대 규모의 상인들은 가축도 여럿 끌고 다녔다.

"충분히 이길 수 있겠는걸."

"오늘 저녁은 포식을 하겠군."

전사들이 입맛을 다시며 무기를 매만졌다. 유릭은 눈을 가늘게 뜨며 상인들을 바라봤다.

"싸워서 뺏을 필요는 없어. 우린 재물이 충분해."

유릭은 팔을 뻗어서 전사들을 제지했다. 유릭은 게오르크와 함께 상인들과 접촉했다.

상인들은 갑자기 나타난 유릭과 전사들을 보며 잔뜩 경계했으나, 곧 웃으면서 이야기를 했다.

"이 정도면 양 두 마리를 가져가도 좋소이다!"

상인은 반짝이는 장신구를 손가락 사이에 걸쳐 태양에 반사시켰다. 장신구의 세공술과 보석의 질을 확인한 상인은 히쭉히쭉 웃었다. 상당히 이득을 보는 거래였다.

"아, 그리고 말린 음식을 좀 나눠 줘."

"하하, 그 정도는 그냥 주겠소! 길 가다가 이렇게 호탕한 거래를 하게 될 줄이야."

유릭과 상인의 거래는 좋게 끝났다. 상인은 덤으로 벌꿀술 세 병을 꺼내서 유릭에게 넘겼다.

"저들은 자신들이 죽다가 살아났다는 걸 꿈에도 모를 겁니다."

게오르크가 가슴을 쓸어내렸다. 전사들의 뜻대로 했다면 한바탕 피바람이 불었을 것이다.

"그냥 죽이고 뺏는 게 낫지 않아? 왜 굳이 거래를 한 거지?"

공격을 제안했던 전사가 물었다.

상인들을 습격해도 전사들의 피해는 없었을 것이다. 유릭은 공짜로 얻을 수 있는 걸 굳이 거래를 통해 얻었다.

"거래를 통해 쉽게 얻을 수 있는데 죽일 이유는 없어. 어차 피 우린 상인이 가진 물건을 다 가져가지도 못할 거다. 남은 물 건은 버려질 뿐이지."

전사들은 고개를 갸웃했다.

"저들은 우리의 동포가 아니야. 우리가 그런 걸 신경 쓸 필 요는 없잖아."

"동포는 아니지만 우리와 같은 인간이지. 이곳 세계는 복잡 해. 힘이 강하다고 전부가 아니야. 닥치는 대로 죽여가면 주변 에는 적밖에 남지 않을 거다. 여러 사람과 좋은 관계를 유지하 면 의도치 않게 도움을 받을 일도 있어."

"……네가 그렇게 말한다면 그런 거겠지."

전사들은 유릭의 말이 납득되지 않았지만 반발하진 않았다. 유릭은 그 누구보다 뛰어난 전사였고, 문명세계에 대한 경험도 풍부했다.

　과거에도 유릭은 전사들의 존경을 얻었으나, 이제 와서는 유릭의 영향력이 전사의 관습조차 무시할 정도에 이르렀다.

　"오늘은 이쯤에서 쉬자고."

　유릭이 숲을 걷다가 공터를 발견했다.

　모닥불이 피어오르고 아득한 훈기가 번져 갔다. 전사들은 각자 음식을 준비하고 잔돌과 나뭇가지를 치워서 잠자리를 만들었다.

　"후우, 이거 좋군."

　게오르크가 벌꿀술 한잔을 마시며 달큼한 숨을 내뱉었다.

　'내가 어쩌다가 이런 야만전사들과 여행을……'

　게오르크는 스스로도 자신의 결정을 이해하지 못했다.

　'위험천만하기 짝이 없다. 제국군은 병력을 모아 연맹군을 한 번 더 칠 거야. 지금까지는 어찌어찌 버티고 살아남았어도…… 제국군의 저력은 대단해. 다음에는 감당하지 못하겠지.'

　제국군의 국력은 보이는 게 전부가 아니다. 제국은 아직도 남부와 북부를 평정하고 있으며 치안유지에 많은 병력을 쏟고 있었다. 더군다나 일곱 왕국의 반란을 막기 위해서 넓은 국경선을 따라 항상 국경수비대가 움직이고 있었다.

'국력을 집중한 제국의 총동원병력은 약 10만.'

게오르크가 술에 취한 채로 기억을 더듬었다. 10만의 대군은 전투병만 의미하는 것이고, 실질적인 동원인력은 15만에서 20만까지 올라간다. 대군이 움직이면 비전투인원도 그만큼 많아지기 때문이다.

'제국도 쉽사리 그런 동원령을 내리진 못해. 나라가 흔들릴 정도로 대규모 병력을 동원하면 후유증이 크니까 말이야.'

무엇보다 문명세계의 안정은 제국의 존재 때문이다. 제국이 약해지는 순간부터 불안요소들이 넘쳐난다. 귀속된 지 오십 년밖에 되지 않은 일곱 왕국에서는 강경독립파 귀족들이 항상 기회만 노리고 있었으며, 남부와 북부 깊은 곳에서는 자신의 주체성을 포기하지 않은 야만인들이 숨어 있었다.

생각에 잠겼던 게오르크가 인기척에 고개를 들었다.

"게오르크, 이놈들이 괴롭히지 않아?"

취기가 오른 유릭이 게오르크에게 다가왔다.

"아뇨, 잘해줍니다."

빈말은 아니다. 게오르크도 제법 오랫동안 전사들과 지냈다. 그들과 함께한 전투가 한둘이 아니었다. 전사들은 자신들과 함께 싸운 자들을 인정했다.

'이들 사회에서는 전사 한 사람의 몫을 해낸다는 것 자체가 중요해. 전사로서 역할을 다하면 존중을 받을 수 있지.'

게오르크는 노예병으로 징집되기 전에는 무기를 써본 적이 없었다. 많은 전투를 겪은 지금도 객관적으로 말하자면 썩 훌륭한 편은 아니었다. 하지만 용케도 지금까지 살아남았다.

벌꿀술을 다 비운 전사들이 자리에 누웠다. 게오르크도 망토를 두르고 눈을 감았다. 모닥불이 타는 소리만 났다.

모두의 의식이 조용히 가라앉았다.

'게오르크, 이 은혜도 모르는 더러운 노예 놈아. 아실마테를 죽인 건 바로 너다.'

게오르크는 악몽을 자주 꿨다. 옛 주인이 삿대질을 하며 그를 경멸했다.

'아니야, 나는 아실마테를 사랑했고, 아실마테도 나를 사랑했어.'

하지만 누가 뭐래도 그는 키워준 주인을 배신했고, 사랑하는 여인조차 잃고 말았다.

"끄으으으으"

게오르크가 신음했다. 그는 악몽에서 깨어나며 아침을 맞이했다.

'언제까지 이런 아침을 반복해야 하는 거지?'

게오르크는 새벽이슬을 맞으며 눈을 깜빡였다. 그의 눈가가 젖어 있었다.

Chapter 2

사미칸은 속으로 말을 삼켰다.

'운이 따르지 않았다.'

하지만 그런 말이 전사들에게 통할 리가 없다.

초월적인 존재의 가호와 축복은 대족장의 자격이다. 운이 따르지 않았다는 말을 스스로 내뱉는다면 자격을 잃었다는 뜻이다.

제국군에게 패한 연맹군은 세 갈래로 도주했다. 사미칸에게 다행이라면 제국의 주력 추격대가 유릭을 쫓았다는 것이다.

사미칸은 남쪽으로 꺾어서 움직였다. 랑케가트 국경에 있는 강을 건넌 뒤에 다리를 무너뜨려 추격을 떼어낼 생각이었다.

콰아아아아!

강이 넘치고 있었다. 사미칸의 오판이었다.

'강이 범람했다.'

비가 그치지 않아 사미칸이 도착했을 즈음에는 강이 넘쳤다. 외지인인 사미칸은 이 시기에 강이 넘친다는 걸 몰랐다.

사미칸은 하염없이 비를 쏟아내는 하늘을 바라봤다.

'하늘이 더 이상 내 뒤를 봐주지 않는 건가?'

연맹을 만든 이후로 사미칸은 승승장구했다. 현실과 꿈이 뒤엉킬 만큼 모든 일이 잘 풀렸다. 모든 사람과 일이 그의 손아귀 아래에 있었다.

'무언가가 어긋나면서 상황이 내 통제를 벗어나고 있다.'

이번 전투에서 사미칸은 벽을 느꼈다. 어떻게 해야 넘을 수 있을지 보이지 않았다. 제국군은 강했고 연맹군은 미력했다. 어설픈 반농전사가 아닌 진정한 문명의 군단이 모습을 드러낸 것이다.

'이곳 사람들은 우리처럼 모두가 전사는 아니다. 하지만 전사인 자들은 확실한 훈련을 받았지.'

역할의 분담과 전문화. 문명세계의 특징이다.

문명세계의 농부는 평생 무기를 잡지 않고도 살아갈 수 있었다. 수확물의 일부를 받고 그들을 지켜주는 군인들이 있기 때문이다.

약탈의 시간은 끝났다. 문명세계의 수호자들이 무기를 빼

들고 약탈자들을 공격했다.

"어떻게든 건널 순 있어. 시간이 오래 걸릴 뿐이지."

사미칸은 막대한 희생을 치르고 강을 건너는 데 성공했다. 제국군은 강 너머에서 화살을 쏴대며 도망가는 전사들을 조롱했다.

패퇴한 사미칸은 지금까지 약탈했던 길을 거슬러 아르텐 전초기지로 돌아왔다.

제국군은 서부의 전력이 어느 정도인지 몰랐기에 아르텐 전초기지를 쉽게 공격하지 못했다. 아르텐 전초기지로 돌아온 연맹군은 당분간 시간을 벌 수 있었다.

전쟁과 약탈의 열기가 가라앉고 잠시나마 평화가 찾아왔다.

"사미칸, 유릭이 돌아오면 야일루드를 부수고 서부로 돌아가자."

새벽 일찍 잠에서 깬 벨루아가 말했다. 그녀는 알몸으로 벽난로 앞에 앉아 있었다. 벽난로에서 온기와 빛이 흘러나와 벨루아의 몸을 적셨다.

모피를 덮고 있던 사미칸이 눈을 깜빡이며 일어났다. 그와 벨루아는 혼인한 사이였고 동침하는 게 당연했지만, 그 당연한 것을 시작하는 데 혼인하고서도 몇 달이 걸렸다. 시작이 어려웠을 뿐, 정략이라는 목적 아래에 두 사람은 몸을 자주 섞었다.

'몸을 몇 번 섞은 탓인지, 아니면 여러 일을 함께 겪어서일

까……. 정이 붙긴 하네.'

벨루아가 피식 웃으며 사미칸을 쳐다봤다. 예전에는 죽이고 싶을 정도였지만 지금은 그저 한 남자로밖에 보이지 않았다.

'잔학무도한 사내인 줄만 알았는데, 의외로 약한 면도 있고 말이야.'

정략적 혼인도 시간이 지나면 사이가 좋아지곤 했다. 정이란 때론 사랑보다 무섭게 따라붙었다.

사미칸은 눈을 가늘게 뜨며 벨루아를 쳐다봤다. 열 번 양보해도 여자로서 매력적인 몸뚱이는 아니었다. 벨루아의 육체는 건강했으나 남자 못지않은 근육질에다가 흉터도 많았다.

'뭐, 건강한 몸이니 아이는 잘 낳겠지.'

두 부족장 사이에서 사내아이가 탄생하면 장차 연맹을 이끌 재목이 될 터다. 아직 벨루아는 젊었고 아들을 낳을 기회는 많았다.

누워 있는 사미칸 옆에서 모피 이불이 들썩였다. 방 안에는 두 사람만 있는 게 아니었다.

"흐으응, 두 분 다 벌써 일어나셨어요? 그럼 저는 이만 가볼게요."

여자 하나가 알몸으로 일어나 엉덩이를 흔들며 도도하게 방문을 나섰다. 지난밤에 사미칸과 벨루아와 같이 동침해 잠자리의 흥을 돋워준 여자였다.

사미칸과 벨루아는 나가는 여자를 신경도 쓰지 않고 하던 이야기를 계속했다. 두 사람은 부부이기 전에 정치적 관계가 얽힌 부족장이었다. 그들의 결정에 수많은 전사의 목숨이 사라진다.

"벨루아, 너도 문명세계에 대한 호기심이 강했지 않나? 이제 와서 야일루드를 끊자니 너답지 않군."

사미칸이 통증 때문에 가슴을 움켜잡으며 상체를 세웠다. 그는 주술사가 배합한 가루를 약초에 말아서 피웠다. 연기가 방 안을 채워갔다.

"그게 그렇긴 한데…… 아무래도 아이를 가진 것 같아. 앞으로 배가 불러올 텐데, 그런 몸으로 싸우긴 힘들잖아. 안 그래?"

벨루아가 자신의 아랫배를 매만지며 말했다. 원체 근육질이라서 달거리가 멈춘 지 꽤 됐는데도 배가 거의 나오지 않았다.

사미칸이 눈을 크게 뜨며 입을 벌렸다. 그는 통증조차 잊어버렸다.

"정말 아이를 뺐다고?"

"사내아이면 좋겠어. 여자아이가 나를 닮으면 삶이 고될 테니까."

벨루아가 쓰게 웃었다. 그녀는 태동하는 생명을 느꼈다.

시간이 지나자 흩어진 연맹군도 아르텐 전초기지로 하나둘씩 돌아왔다. 많이 쪼개진 부대들은 크게는 수백여 명, 작게는 십여 명씩 모여 돌아왔다.

……그리고 유릭이 이끌었던 발디마의 전사들이 돌아왔다. 화상자국으로 지저분한 이들이었으나 그들은 패잔병처럼 돌아오지 않았다. 그들은 자신들이 전공을 자랑하며 제국의 추격대를 패퇴시킨 이야기를 꺼냈다.

역경에 굴하지 않는 '불굴'의 전사는 시대를 막론하고 동경의 대상이었다. 사내들은 위대한 전사 유릭을 찬양했다.

"그런데 유릭은?"

그 질문에 발디마의 전사들은 북쪽을 가리켰다.

유릭 일행은 북부라고 할 만한 경계선에 도착했다. 밭의 밀도가 현저히 줄었고 침엽수들이 빽빽했다. 간혹 살벌한 눈동자를 가진 북부인들이 유릭 일행을 흘겨보곤 지나갔다.

"추워 죽겠네. 제기랄."

전사들이 투덜거리며 모피망토를 여미었다. 습하고 서늘한 북부의 기후는 서부의 전사에게 낯설었다. 고지대가 아닌데도 냉기가 폐에 스며들었다.

"앞으로 더 추워질걸?"

유릭이 구름이 스민 북부의 산들을 바라봤다.

"후우."

숨소리가 절로 커졌다. 차가운 북부는 묘한 정취가 있었다. 녹슨 무기가 세워진 무덤가 주변에서는 고즈넉한 전사들의 외로움이 머무는 듯했다.

"무덤이 많군."

"무기와 함께 매장하는 풍습이 있어."

유릭이 마을 공동묘지를 지났다. 무덤 주인의 사망일은 무기의 녹슨 정도로 대강이나 짐작할 수 있었다.

'근래 죽은 전사가 많군.'

유릭은 작은 마을을 살폈다. 전형적인 북부경계의 마을이었다. 태양교과 북부신앙이 뒤엉켜서 혼재된 곳이다. 누군가는 태양사원에서 기도를 올렸고, 누군가는 울가로를 위해 칼날을 갈고 닦았다.

"빨리 떠나는 게 좋겠습니다. 외지인을 경계하고 있어요."

게오르크는 마을 사람들의 시선을 느꼈다.

"무장한 집단이 서성이는데 경계하지 않는 게 더 이상한 거야."

유릭이 방금 사 온 말린 과일을 씹으며 말했다. 유릭을 포함해 겨우 열일곱에 불과한 전사들이지만, 잘 훈련된 전사들이라면 작은 마을 하나 정도는 충분히 약탈할 수 있었다.

'젊은이도 많이 없고, 아이와 노인들만 눈에 띄어.'

유릭은 몇 년 전에도 북부에 온 적이 있었다. 그때 들렀던 북부의 마을들은 활기가 있었다. 사람이 살아가는 생명력이 느껴졌다.

'지금은 마치 죽어가듯 고요하다.'

유릭은 유동인구가 많은 도시로 이동했다. 무장한 북부인들이 자주 오가는 게 보였다.

유릭은 전사들을 도시 바깥에 야영시키고, 게오르크와 둘이서 도시 안을 오갔다. 그는 선술집으로 들어가 금화 하나로 맥주 두 잔을 샀다.

제국의 금화를 확인한 선술집 주인이 만족스레 웃으며 고개를 까딱였다.

"당신네들도 칼로 뭔가 해보려고 이리 온 거요?"

선술집 주인이 맥주잔으로 행주로 닦으며 물었다.

"응? 칼로 해보다니?"

유릭이 반문하며 맥주를 입에 댔다.

"모르는 척하는 거요? 다시 묻지. 북부의 편이오? 제국의 편이오? 나야 아무런 상관없소이다."

"굳이 말하자면 나는 내 편이지. 내 옆에 호리호리한 친구도 그렇고 말이야."

유릭이 게오르크의 등을 두드렸다.

선술집 주인은 유릭을 한참이나 바라보다가 어깨를 으쓱했다.

"아무리 소문이 둔해도 서부에 나타난 약탈자들 소식은 들었을 거요."

선술집 주인이 운을 떼자, 게오르크는 등골이 얼어붙는 느낌이 들었다. 눈을 흘기며 유릭을 바라봤다.

"아아, 나도 들었어. 서부의 약탈자들."

유릭은 안색 하나 바꾸지 않고 대꾸했다.

'간도 크군. 자신이 그 약탈자 무리의 2인자이면서 말이야.'

서부의 약탈자. 연맹군은 그리 불렸다. 그들은 문명인에게 야만인보다는 약탈자라는 인상을 깊게 새겼다.

선술집 주인은 주변을 살피더니 유릭과 게오르크 가까이 다가왔다.

"약탈자들이 제국군과 비등하게 싸우고 한바탕 세상을 뒤집어엎었소. 랑케가트 왕국은 왕과 왕족들조차 행방이 묘연할 정도요. 이런 소문은 누가 말하지 않아도 기가 막히게 빨리 퍼지는 법이지."

"그래서?"

유릭이 능글맞게 웃으며 선술집 주인의 말을 기다렸다.

"약탈자들의 선전은 북부인의 가슴에 불을 피웠지. 무기를 놓고 지내던 자들조차 무기와 방패를 등에 짊어지고 모이기 시작했소. 하필이면 그간 북부를 잘 다스린 랭스터 총독이 퇴임하고 나서 일이 벌어졌지. 랭스터 총독은 나름 북부의 균형을 잘 맞춰온 양반이었지."

"지금 총독은?"

"신임 총독이 알아야 얼마나 알겠소? 지금 같은 세태에 북부를 통제하려면 보통 수완으로 안 되지. 산전수전 다 겪은 랭스터 총독이라도 힘들 터인데, 내 장담컨대 막 부임한 총독은 아직 북부의 도시 이름조차 다 외우지 못했을 거요."

유릭은 맥주를 다 마시고서는 벽장에 놓인 벌꿀술을 시가의 세 배가 넘는 돈을 주고 샀다. 선술집 주인의 입꼬리가 더욱 올라갔다.

선술집 주인은 벌꿀술 위에 쌓인 먼지를 닦으며 말을 계속했다.

"이미 몇몇 거점도시에서는 대놓고 북부인의 자치와 독립을 요구하고 있소. 주둔 중인 제국을 쫓아내다시피 했지. 당장 대규모 유혈사태가 일어나도 이상하지 않을 지경이요."

유릭이 고개를 끄덕이며 선술집에서 나갔다. 바깥은 어두웠다. 게오르크가 입김을 내뿜으며 유릭을 쫓아왔다.

"상황이 좋군요. 북부인이 반란을 일으키면 제국의 전선이 둘이 될 겁니다."

"그렇게 일이 쉽게 풀리진 않겠지. 황제의 성격상 어떻게든 북부를 억누르려고 할 거다. 놈은 자신에게 대항하는 자를 그냥 놔두지 않아. 철저하게 짓밟지."

유릭이 서늘하게 말했다. 그는 고개를 들어 밤하늘을 바라봤다.

"황제를 잘 아는 것처럼 말하는군요."

유릭은 대답하지 않았다. 게오르크도 더 이상 묻지 않았다.

유릭과 전사들은 제국군이 거점으로 삼고 있는 대도시로 이동했다. 다소 위험을 무릅쓰더라도 북부의 흐름을 아는 게 중요했다. 제국군이 무슨 조치를 취하고 있다면 분명 인력이나 물자에서 변동이 있을 것이다.

"예상대로군. 군수물자다."

유릭은 고개를 삐딱하게 기울이며 도시 안으로 들어오는 마차들을 바라봤다. 제국군의 독수리 인장이 박힌 짐마차들이었다.

'전쟁이 일어나겠군.'

제국군은 연맹군과의 싸움을 뒤로 미뤄두고 북부평정을 준비했다.

'제국군은 북부인들이 본격적으로 들고 일어나기 전에 제압하고 싶을 거야.'

유릭은 두건을 눌러쓰곤 제국군의 동태를 살폈다. 도시에서는 긴장감이 흘렀다.

"그 약탈자들인지 뭔지 하는 놈들 때문에 또 전쟁이 일어나게 생겼네."

"이제 자리 좀 잡았더니. 염병."

이미 제국치하 생활에 적응한 북부인들은 지긋지긋한 전쟁을 싫어했다. 그들은 제국과 거래를 통해 부를 쌓고 있었다.

"어이, 거기."

굵직한 목소리가 유릭의 뒤통수를 두들겼다. 유릭은 움찔하지 않고 묵묵히 인파들 사이에서 걸었다.

"거기 서시오. 두건을 쓴 덩치가 큰 남자!"

목소리는 정확하게 유릭을 지칭했다. 사람들이 흩어지면서 유릭만 덩그러니 중앙에 서 있었다.

'귀찮게 됐군.'

유릭은 허리춤에 칼이 잘 매달려 있는지 확인했다. 그는 천천히 뒤로 돌면서 두건을 벗었다.

"역시 당신이었군! 오랜만이오, 유릭."

태양전사단 복식을 입은 사내가 유릭을 반기며 말했다. 망토의 앞섶에는 태양자수가 금색으로 빛났다.

"……하발드."

유릭이 기억을 더듬으며 그 이름을 꺼냈다. 파헬을 경호했을 때에 인연이 닿았던 태양전사였다.

"이런 곳에서 만날 줄은 몰랐소. 분명 포클카나 왕국에서 잘 지내고 있으리라 생각했거늘. 그 왕자님이 이제는 왕이 되었지 않소."

"나도 의외야. 태양전사단은 황제의 직속부대잖아. 여기까지 무슨 일이지?"

"몰라서 묻는 거요? 아님 떠보는 거요?"

하발드의 눈이 날카로웠다. 그는 태양전사단에서도 제법 지위가 있는 자다.

"황제도 대단히 강수를 뒀군. 태양전사단을 북부로 보내다니……."

태양전사단의 구성원들은 개종한 야만전사이거나 야만인 피가 짙은 혼혈의 문명인들이다. 야만전사 특유의 기백과 전투 기술을 갖춘 채로 문명화가 된 과도기적 전사단이었다. 전투력만큼은 제국소속 부대 중에서도 손에 꼽힐 정도다.

하발드는 유릭을 그냥 보내지 않고 저녁식사에 초대했다.

'반가운 마음에 초대했는지 아니면 뭔가 꿍꿍이가 있는 건지…….'

유릭은 어깨를 으쓱하며 하발드의 초대를 받아들였다.

잡화점에 들렀다가 유릭과 합류한 게오르크는 완전히 달라진 상황에 어리둥절하다가 하발드의 망토를 보곤 기겁했다.

"유릭, 저자는 태양전사잖아요……."

유릭과 합류한 게오르크가 경악했다. 그는 생필품이 담긴 가방을 떨어뜨렸다.

하발드가 유릭과 게오르크를 번갈아 바라봤다. 어울리는

조합은 아니었다.

"용병은 관둔 거요? 일행분이 전사 같지는 않은데?"

"이쪽은 게오르크다. 보다시피 서생에 가까운 녀석이지. 용병은 진작 관뒀어."

"그거 아쉽게 되었소. 당신 같은 전사가 소속도 없이 돌아다니다니……"

하발드는 제국군 막사로 유릭을 안내했다. 무구를 정비하는 병사들이 유릭과 게오르크를 흘겨봤다. 제국기사를 비롯해 덩치가 큰 태양전사들도 여럿 보였다.

"하발드 경이 데려온 자가 누구야?"

"유릭이잖아."

"유릭?"

"몰라? 한때 꽤 이름 날린 야만인 전사."

수군거리는 소리가 게오르크의 귓가에 들어왔다. 게오르크의 동공이 서서히 커졌다.

'정말로 유릭이 제국에서 유명인사였나?'

게오르크는 아직도 어리둥절하게 고개를 이리저리 돌렸다. 몇몇 사람들이 유릭을 아는 체하며 지나갔다.

"당신이 호위했던 왕자가 왕이 되었잖소. 영지 하나 정도는 받을 수 있었을 텐데 말이오."

"하? 귀족이라도 되라고? 내 쪽에서 거절하고 왔지."

유릭이 피식 웃었다. 하발드는 감탄하며 식탁에 앉았다.

하발드가 손뼉을 치자 시종들이 음식을 내왔다. 게오르크는 먹는 둥 마는 둥 하면서 유릭과 하발드의 대화를 들었다.

"남들은 평생을 걸쳐 추구하는 부귀영화를 그렇게 가볍게 내치고 자신의 길을 가다니……. 많은 기사들의 귀감이 될 만한 행동이오."

하발드가 술을 따르며 유릭을 칭찬했다.

"귀감은 무슨……."

"그나저나 북부까진 무슨 일이오? 지금 같은 시기에 무장한 전사가 돌아다녔다간 좋은 꼴을 보기 힘들 거요. 첩자로 의심 받을지도 모르지."

하발드의 얼굴은 술기운으로 붉었지만 눈동자는 총명했다.

'유릭 같은 전사가 북부의 반란에 합류한다면 골치가 아프지.'

신분질서가 엉성한 전사사회에서 뛰어난 전사는 단순한 전력 이상의 가치를 지닌다. 전사들은 자신보다 강한 자만 인정한다. 누구나 인정할 만한 뛰어난 전사는 모두를 하나로 묶는 연결고리가 된다.

'만약 북부에 합류하러 가는 길이면 안타깝지만 여기서 유릭을 제거해야 한다.'

하발드의 질문에 유릭은 가방을 뒤져서 조각상 하나를 꺼냈다. 동방신물이라 불리는 비취조각상이었다.

"이거 때문이다. 북부에서도 발견된 적이 있는 동방신물이지. 이걸 얼마 전에 발견해서 말이야."

"호오, 그전설의 동대륙 말이요? 황제폐하께서도 동대륙의 존재를 믿고 계시지. 상당히 진귀한 보물이라 들었소."

"알고 있겠지만 북부에서는 배를 타고 동대륙을 오갔다는 전설이 있어. 북동쪽 해안을 따라가며 조사해 보려고 해. 동대륙이 있다면 한번 가보고 싶거든. 바다 너머의 다른 세계가 있다는 이야기잖아. 가슴이 두근거릴 만큼 멋지지."

거짓 속의 진실.

유릭의 대답은 거짓과 진실이 뒤섞여 있었다. 하발드는 유릭의 눈동자를 물끄러미 쳐다보더니 고개를 끄덕였다.

"솔직히 말해서 나는 동대륙의 존재를 믿지 않소. 오래된 유물과 전승만이 유일한 증거니 말이오. 하지만 그 탐험정신만큼은 존경하오."

옆에서 보고 있던 게오르크는 숨이 막힐 지경이었다.

'대답 한 번에 목이 날아갈 수도 있는데 잘도 태연히 입안에 음식을 집어넣는군, 유릭.'

게오르크도 애써 태연한 척했지만 목구멍으로 넘어간 음식이 꽉 막혀서 답답했다. 간만에 먹는 따스한 정찬인데도 소화가 되지 않았다.

하발드의 의심은 일단 걷혔다. 하발드와 유릭은 서로가 공유하고 있는 기억과 이야기를 나누며 식사를 했다.

"그 소년, 아니, 포를카나의 바르카 전하께서는 제국 귀족들 입장에서는 상당히 가시 같은 존재가 되었소."

"가시?"

"제국과 교역에서 포를카나는 일방적인 흑자를 보고 있소. 건축자재와 같은 조선사업과 관련된 품목에 관해서는 면세 혜택을 받고 있지. 제국귀족들은 자신의 영지를 통해 상인들이 지나가는데도 포를카나의 면세품목에 대해서는 세금을 매기지 못하고 있소. 노골적으로 황실에서 포를카나의 사업을 밀어주고 있는 게 귀족들 눈에는 아니꼬울 터요."

황제 얀키누스는 자국의 귀족들은 무자비하게 탄압하면서도 포를카나에 대한 지원을 아끼지 않았다. 그만큼 동대륙 탐험에 대한 집착이 대단하다는 뜻이다.

'욕심이 크군, 얀키누스. 하늘산맥을 넘은 것만으로 만족하지 못하겠다는 건가?'

동대륙 발견과 서부정복.

두 업적을 동시에 이룬다면 얀키누스는 선대 황제들의 명성조차 넘을 수 있을 터다.

태양전사단은 한 주가 끝나는 마지막 날 저녁에 목욕을 하는 관습이 있었다. 대부분 이교도 출신인지라 영혼을 씻어낸다는 의미가 강했다.

유럭과 식사를 끝낸 하발드는 목욕을 했다. 욕조의 따스한 물이 그의 근육을 녹였다. 북부인이었던 어머니의 혈통이 짙게 묻어나와 그도 단단한 북부인 사내의 몸을 가졌다.

'기나긴 평화였지. 학자들은 칼을 쓰지 않는 시대가 올 거라 말했지만, 지금도 결국 칼이 필요한 시대다.'

하발드는 젖은 머리를 쓸어 넘겼다.

'서부에서 온 약탈자, 북부인의 불온한 움직임.'

제국은 다시 한번 칼을 들었다. 황제직속부대인 태양전사단이 북부에 왔다. 그들은 태양신 루와 황제폐하를 위해 동포들을 살해할 터다.

'동포.'

하발드는 반쪽이지만 북부인의 피가 흐르고 있었다. 때론 동포들에게 격정적인 감정을 느끼곤 했다.

"태양교에 귀의하라."

하발드가 중얼거리며 옷가지 위에 놓인 태양장식 목걸이를 바라봤다.

문화가 번성하던 평화기가 끝나고, 전쟁의 광기가 문명세계를 휘어잡고 있었다.

과거에 싸움 좀 했다는 사내들은 재입대를 하거나 끼리끼리 뭉쳐 용병으로 나섰다. 누군가에게 전쟁은 기회였다.

　'폐하께선 최대한 빨리 북부의 안정을 원하신다.'

　제국은 신경 써야 할 일이 많았다. 불온한 무리들이 문명세계 여기저기에 뿌리박혀 있다. 제국이 약한 모습을 보인다면 언제라도 등 뒤에서 비수를 꽂아 넣을 기회주의자들이다.

　첨벙.

　하발드가 팔로 가볍게 물 표면을 쳤다. 욕조 안에서 파문이 일었다.

　하발드는 자신의 얼굴을 매만졌다. 술을 마시고 목욕을 하는 터라 그의 얼굴에 열이 잔뜩 올라 있었다.

　끼익.

　소리가 밤공기를 울렸다. 자칫하면 그냥 넘어갈 법한 작은 소리였다.

　부그르르.

　하발드는 입을 물에 담그며 숨을 내뱉었다. 그의 눈동자가 가늘었다.

　저벅.

　하발드는 당황하지 않고 고요한 욕조의 물결을 바라봤다. 물결이 일정한 간격으로 흔들렸다.

　'누군가 소리를 죽이고 욕조 근처로 접근하고 있다.'

하발드는 적이 가까워질 때까지 모르는 척하며 욕조에 몸을 깊이 담갔다.

촤아아악!

적의 인기척을 느낀 하발드가 수풀에서 뛰어나오는 사자처럼 일어섰다. 그는 다가오는 적을 향해 몸을 날렸다.

으득!

하발드가 적의 모습을 확인하고는 그의 목줄을 움켜잡았다.

'단도를 든 사내.'

침입자에게는 그럴싸한 무기가 없었다. 휴대하기 좋은 단도만 들고 하발드에게 덤벼들었다.

"오오오오오!"

하발드와 침입자는 서로 고함을 질렀다. 우렁찬 함성이 쩌렁쩌렁 퍼졌다.

'침입자는 하나만 있는 게 아니야. 다른 곳에서도 고함이 들린다.'

하발드는 침입자의 목줄을 붙잡았으나 단도 때문에 팔을 빼야 했다. 목이 굵고 단단해서 일격에 제압하지 못했다.

'침입자는 전형적인 북부의 전사다.'

하발드는 자신이 배운 전투술을 생각하며 뒤로 물러났다.

'나처럼 목욕을 하는 자가 한둘이 아닐 거야.'

침입자는 태양전사단의 목욕관습을 알고 접근했다. 하발드는 욕조 근처에는 무기조차 가까이 두지 않았다.

"아직도 울가로를 믿고 있는 건가? 당신들을 패배로 이끈 전쟁의 신을?"

하발드가 입술을 비틀며 침입자를 조롱했다. 방금 목욕을 하던 알몸인데도 그의 기세는 전혀 수그러들지 않았다.

침입자는 하발드의 조롱에도 굴하지 않고 단도를 역수로 쥐며 달려들었다.

'내 어머니의 어리석은 동포여.'

하발드가 단도를 피하며 침입자의 발을 걸었다. 이어서 넘어지는 침입자의 팔을 붙잡아 뒤로 꺾었다.

"카악!"

팔이 꺾인 침입자가 비명을 지르며 단도를 떨어뜨렸다. 하지만 전의는 죽지 않아서 남은 팔로 단도를 바로 주워서 공격을 감행했다.

'익숙지 않은 팔로 휘두르는 얕은 공격.'

하발드의 눈동자가 단도를 좇았다. 그는 상체를 뒤로 젖히며 칼날을 피했다.

"투항해라. 목숨만은 건질 수 있을 터다."

하발드의 경고는 무의미했다. 애초에 목숨을 생각했다면 제국군 막사로 침입하지도 않았을 것이다.

'할 수 없지.'

하발드는 손을 움직여 침입자의 단도를 뺏었다.

푸욱!

하발드가 팔을 뻗어서 침입자의 명치를 찔렀다.

"쿨럭."

침입자의 피가 하발드의 몸에 튀었다.

"남길 말은?"

하발드가 무너지는 침입자의 몸을 붙잡으며 유언을 기다렸다.

북부인들은 대개 태양전사단을 끔찍하게 혐오한다. 그들의 눈에 태양전사단은 울가로와 민족을 배신한 자들이다.

'내게 저주의 말이나 지껄이겠지.'

하발드는 담담했다. 하지만 침입자의 입에서 나오는 말이 그의 평정심을 깼다.

"루여, 버림받은 민족을 가엾게 여기소서."

"뭐?"

하발드가 피를 흘리는 침입자를 바라보며 뒷걸음질 쳤다.

짤랑.

침입자의 가슴팍에서 태양 목걸이가 반짝였다. 그는 태양 장식을 쥐며 땅바닥에 쓰러졌다.

'어째서 루를 믿는 자가 나를 공격한 거지?'

하발드가 고개를 절레절레 흔들었다. 그는 외투만 걸치고 바깥으로 나갔다. 습격을 받은 태양전사가 한둘이 아니었다.

이날 밤에 죽은 태양전사는 네 명이었다. 피해는 미미했으나 제국군 막사 한복판에서 습격을 당한 건지라 상황은 꽤나 심각했다.

태양전사단의 간부들이 한밤중에 모여 회의를 열었다.

"어떻게 놈들이 막사 깊숙이 올 수 있었단 말인가!"

"내부에 협력자가 있는 거겠지."

"우리 중에 말인가? 말도 안 돼!"

"내부의 협력자 없이 이런 습격에 성공했다는 게 더 말이 안 되지."

아웅다웅 말이 오갔다.

"그 유릭이라는 자도 수상하군! 그 사내가 막사에 들어온 날에 습격이 있다니!"

"그 정도 실력을 가진 사내가 이유도 없이 북부에 나타날 리가 없지."

동료를 의심하기 싫어하는 태양전사들이 유릭을 지목했다.

하발드가 발끈하며 일어섰다.

"유릭은 내 손님이다. 그자가 북부에 나타난 건 합당한 이유가 있어."

"우리의 의심도 합당하지."

하발드와 다른 태양전사들이 대립했다. 하발드는 인상을 찌푸리며 피가 묻은 태양 목걸이를 탁자에 던졌다.

"침입자의 품에서 발견된 태양 목걸이다. 죽어가면서도 루의 이름을 읊조리더군."

"제길, 내가 잘못 들은 게 아니었군. 날 공격하던 놈도 마지막에 태양교의 기도문을 외웠어."

"개종한 북부인이 우리를 공격했다고?"

태양전사들은 혼란에 빠졌다. 그들은 태양전사라는 이름답게 종교적 색채가 짙은 전사 집단이었다.

'루를 믿는 북부인이라면 우리와 다를 바가 없다.'

태양전사들이 동포를 배신한다는 죄책감을 이겨내는 것도 종교적 열망 때문이었다. 개종을 명목으로 그들은 동포와 싸웠었다.

태양교를 믿는 문명인끼리 서로 싸우는 건 흔한 일이다. 하지만 태양전사단에겐 종교의 차이가 동포와 맞서는 이유였다.

Chapter 3

"손님 대접이 개판이잖아?"

유릭이 피가 묻은 도끼를 닦으며 투덜거렸다. 그의 발아래에는 머리가 쪼개진 침입자의 시체가 있었다.

유릭을 태양전사라 착각한 침입자의 공격이었다. 유릭은 잠결에도 침입자의 기척을 알아채고 응수했다.

'정말로 북부인들이 제국과 해볼 셈이로군.'

유릭이 도끼를 집어넣고는 하발드가 올 때까지 기다렸다.

"미안하게 됐소. 경비를 침소에 세워두지 않은 내 불찰이오."

하발드는 유릭의 처소에 오자마자 사과부터 했다. 그는 유릭을 손님으로 받아들였기에 보호하고 책임질 의무가 있었다.

"전사라면 자기 몸은 스스로 지켜야지. 보호는 무슨. 큭큭."

유릭이 웃음을 흘리며 깍지를 꼈다.

"그리고 미안하지만 당분간 머물러 줘야 하겠소. 아마도 막사 내부에 내통하고 있는 사람이 있는 것 같소이다. 몇몇 전사가 당신을 의심하고 있소."

"뭐? 내가 한가한 사람인 줄 알아? 날 데려온 건 너잖아, 하발드."

유릭이 따지자 하발드가 면목이 없다는 듯이 고개를 숙였다.

"일이 끝나면 태양전사단의 보증이 있는 통행서도 주겠소. 부탁이오."

태양전사단은 근래 막사에 들어온 사람들의 신원을 확보했다. 내통자가 있을 가능성이 높은 이상 아무도 바깥으로 내보내지 않았다. 서로를 감시하는 건 태양전사들도 마찬가지였다.

'서로를 의심해야 하다니.'

하발드가 이를 바득바득 갈았다.

죽은 태양전사들의 장례식이 끝났다. 가만히 있는다고 내통자가 자수할 리는 없었다.

태양전사단은 제국병과 함께 자치를 선언한 북부의 마을들을 재점령하러 출병했다. 유릭도 손님으로 그들 무리에 섞였다.

며칠이 지나자 태양전사단 내부에서는 유릭의 내통 가능성이 거의 없다고 판단했다. 출병을 하자 유릭을 감시하는 인력은 없다시피 했다.

태양전사단은 내부의 적을 색출하려고 애썼다.

"유릭, 경계가 느슨합니다. 언제든 태양전사단을 벗어날 수 있어요. 다른 전사들과도 연락이 됩니다."

서부의 전사들과 접선을 마치고 온 게오르크가 말했다. 전사들은 멀리서 유릭을 쫓아오고 있었다.

"당장 벗어날 필요는 없어. 오히려 북부의 전사들과 만나려면 태양전사단과 있는 게 나을지도 몰라."

"태양전사단 말대로 내부에 내통자가 있다면…… 우리가 먼저 알아내 만날 수도 있겠군요."

"그렇지."

유릭이 담담하게 야영지를 쳐다봤다. 아직은 누가 내통자인지 알기 힘들었다.

"그나저나 정말 사회적…… 명사였군요, 유릭."

"그렇다니까. 난 거짓말 안 해."

유릭이 싱글벙글 웃으며 게오르크의 얼굴을 바라봤다. 게오르크는 영 떨떠름한 표정이었다.

'이럴 줄 알았다면 유릭의 말에 빈정거리는 게 아니었는데. 제기랄! 진짜로 왕과 친구잖아!'

속이 쓰렸다. 유릭이 가진 인맥은 문명세계 기준으로도 대단했다. 고위귀족들과 왕, 그리고 세계의 주인이라는 황제와도 안면이 있는 사이였다.

'그런 인맥 하나만 있어도 평생 먹고사는 데 지장이 없을 텐데……'

보면 볼수록 유릭이 이해가지 않았다. 약속된 부귀영화를 내팽개치고 흙바닥에 뒹굴며 불꽃 속에서 피를 흘렸다.

'자신의 민족을 지키기 위해서인가?'

갑자기 유릭이 다르게 보였다. 원래도 대단한 전사라는 건 알았지만, 뒷배경을 알게 되자 더욱 사람이 커 보였다.

'그만한 부귀영화를 내던지고 이렇게 자신의 동포 곁에서 싸울 수 있는 사내가 몇이나 될까?'

게오르크는 모닥불에 일렁이는 유릭의 옆모습을 바라봤다. 모닥불이 흔들릴 때마다 음영이 바뀌어 유릭의 인상이 뒤바뀌었다.

'유릭에게는 명예나 민족애보다 더 깊은 근원이 있어. 저 사내가 진짜로 원하는 건 사회적 성공이나 불멸의 명예 따위가 아니야.'

게오르크와 유릭은 모닥불 앞에서 시간을 보냈다. 그들이 잠들기 전에 한 사내가 찾아왔다.

유릭과 게오르크가 고개를 들어 사내를 쳐다봤다.

"하발드에게 이야기를 들었다. 갑옷파괴자 유릭. 가끔 전사들이 자네의 이야기를 꺼내더군. 한 번쯤 얼굴을 보고 싶다고 생각했지."

통짜 곰가죽에 판금을 덧댄 갑옷을 입은 사내였다. 적당히 주름진 얼굴에서는 완숙한 전사의 느낌이 물씬 풍겼다.

"하발드의 상급자라면 태양전사단의 수장이겠군."

유릭이 고개를 옆으로 기울이며 사내의 얼굴을 응시했다.

"단장 알프난이네. 친구들은 알프라고 부르지."

알프난이 유릭의 앞에 앉았다.

태양전사단의 수장은 사회적으로도 대단한 위치다. 장군이나 군단장이나 다름없는 대우를 받으며, 제국의 대귀족들조차 한 수 접고 들어가야 한다.

'태양전사단장 알프난.'

유릭은 그 이름을 곱씹었다. 악수를 하며 맞잡은 손은 굵고 컸다.

철컹.

알프난의 흉갑에는 동으로 만든 태양장식이 박혀 있었다. 태양전사단의 수장이라면 분명 독실한 태양교도일 터다.

"당신도 나를 의심하나?"

유릭이 모닥불에 구운 양고기를 씹으며 말했다.

'상대는 태양전사단장인데…… 이렇게 건방지게 굴어도 되는 거야?'

게오르크는 입이 바짝바짝 말랐다. 유릭의 옆에 붙어 있으니 수명이 줄어드는 기분이었다. 유릭은 목숨이 열 개라도 되는 것처럼 행동했다. 강자든 권력자든 간에 설사 자신의 목숨을 쥐고 있는 상대 앞에서도 자신의 태도를 바꾸지 않았다.

"하하, 진실을 캐기 위해 자네와 결투 재판이라도 할 생각은 없네. 자네의 이름을 듣고 결투 재판을 할 사람은 없겠지! 결투에서 상대의 갑옷을 맨손으로 부숴 버린 그 유릭이 아닌가!"

"칭찬에 능한 사람은 별로 믿음이 안 가는걸."

유릭과 알프난이 서로를 보며 웃었다.

"진짜 갑옷을 맨손으로 부쉈어요?"

게오르크가 자신도 모르게 끼어들었다. 유릭 대신에 알프난이 대답했다.

"동행이면서 유릭에 대해 잘 모르는가 보군. 자네는 위대한 전사와 함께 여행을 하고 있는 거네. 유릭이 내 부하였으면 참 좋았을 텐데."

알프난이 입맛을 다셨다. 태양전사단은 몇 번이나 유릭을 입단시키려 했다.

"이제 태양교를 믿지도 않아. 관뒀어."

유릭이 자신의 목을 매만지며 말했다. 그는 루를 믿는 걸 그만뒀다.

'루는 내게 어울리는 신이 아니었어.'

자비와 사랑. 유릭에게 턱없이 머나먼 단어였다. 루는 가는 곳마다 피를 뿌리는 전사에게 실망만 할 터다.

"태양교든 아니든 난 자네가 첩자라고 믿지 않네. 그저 명성이 자자한 전사와 만나보고 싶어 이렇게 잡아둔 거지."

태양전사단은 태양교도이면서도 야만전사의 기풍을 가진 집단이다. 이름 높은 전사라면 적이든 아군이든 존중하며 만나고 싶어 했다.

유릭과 알프난은 이런저런 이야기를 했다. 중간에는 칼을 들어 꺼내며 무기술에 대한 이야기도 나눴다.

"제국의 기사검술은 상단 올빼미, 중단 늑대, 하단 뱀이지. 기사라는 계층집단이 하나의 검술방식을 공유하며 오랫동안 개량해 온 방식인지라 유용해. 우리 태양전사들도 기본적인 기사검술을 익히고 있네."

알프난이 칼을 들고 서서 자세를 취했다. 세 가지 기본자세를 한 번씩 시연했다.

"아아, 그거는 나도 배웠지만, 그래도 난 무기를 두 개 쓰는 게 좋아."

유릭이 도끼를 손아귀에서 빙글빙글 돌렸다.

"방패를 들지 않고 쌍수무기를 쓰는 것은 야만전사에게 용맹의 상징이지! 하지만 무기를 두 개를 든다고 두 배로 강해지진 않아. 오히려 자주 쓰지 않는 왼손무기는 그저 장식이 될 때가 많지."

알프난이 쌍수무기술의 효율성을 낮게 평가했다. 무기는 방패보다 세밀한 동작과 반응이 필요했다. 자주 쓰지 않는 손으로 무기를 다뤄봐야 효율이 떨어진다.

휘릭.

유릭이 왼손과 오른손에 도끼를 하나씩 쥐고 허공에 던지며 돌렸다.

"그건 양손을 자유자재로 쓰지 못하는 반푼이에게나 먹히는 말이지. 진짜 전사는 왼손과 오른손 가리지 않고 무기를 잘 써."

알프난이 이맛살을 찌푸렸다.

"그럼 자넨 양손을 자유자재로 쓸 수 있단 말인가?"

"적어도 짐짝이나 장식은 아니지."

"호오?"

"원한다면 증명해 줄 수도 있어. 지금 당장."

유릭의 도발에 알프난이 웃었다. 그럴 줄 알았다는 듯이 유릭도 어깨를 으쓱했다.

"내일 전투가 있으니 지금 기운을 뺄 필요는 없네."

"전투?"

"제국군의 보호를 거부한 마을이네. 다시 점령할 필요가 있지. 우리를 도와 참전한다면 사례하겠네. 유능한 전사는 많으면 많을수록 좋아."

"생각해 보고."

유릭의 애매한 대답을 들은 알프난이 고개를 끄덕이며 일어섰다. 뒤를 이어 태양전사들이 유릭을 찾아왔다. 다들 유릭의 이름을 듣고 이야기를 해보고 싶어 하는 사내들이었다.

북부에서는 제국군의 보호를 거부하는 마을이 늘어갔다. 농부이자 목수였던 북부의 사내들은 다시 무기를 들었다. 그들은 오랫동안 잊고 있었다.

'내 가족과 마을은 스스로 지키는 것.'

그것이 북부의 사내였다. 신앙은 바뀌었어도 풍습은 쉽게 바뀌지 않는다. 한번 불이 붙은 자치에 대한 열망은 좀처럼 꺼지지 않았다.

"대충 백여 명 정도군요."

태양전사단의 척후가 마을을 둘러보곤 주둔지로 돌아왔다.

"울타리도 얇고 낮습니다. 야습까진 필요도 없고, 돌격만이면 충분합니다."

"그전에 사절을 보내 항복을 권하지요. 어차피 서부약탈자들의 소문 때문에 일시적으로 들뜬 것일 터. 우리의 군세를 보면 금방 마음을 바꿀 겁니다."

간부들이 서로 의견을 말했다. 그 말을 듣던 단장 알프난이 고개를 저었다.

"사절은 보내지 않는다. 처음에는 강하게 밀어붙이는 게 좋아. 힘으로 본보기를 보여주지 않으면 금방 다시 기어오를 터다."

공격이 정해지자, 간부들은 서로 선봉을 맡겠다며 다퉜다.

태양전사단과 제국군은 마을을 포위했다. 그 숫자는 천여명에 달했다.

마을방어에 나선 북부의 전사는 백여 명이었다. 무기를 들수 있는 사내를 바득바득 끌어모은 숫자였다.

항복권유도 없이 태양전사단은 마을을 공격했다.

"우아아아아아!"

작은 마을을 하나 점령하는 건 어렵지 않았다. 울타리는 금방 무너졌고, 제국군과 태양전사들이 마을 안으로 들이닥쳤다.

"으, 으아아악!"

북부의 사내들이 비명을 질러댔다. 오랫동안 칼을 손에서 놓은 자들이었다.

"고작 이 정도로 독립을 하겠다고 나선 건가? 한심한 놈들."

알프난이 칼에 묻은 피를 털며 광장 주변을 저벅저벅 걸었다.

'아직도 제국에 속하지 않고서는 미래가 없다는 걸 모르는 건가? 이런 멍청이들이 내 동포란 말인가?'

알프난이 쓰게 웃었다. 북부가 제국에 귀속되는 건 필연이며 숙명이다. 북부는 약했고 제국은 강했다.

'애초에 신앙심 따원 없어. 그저 필요해서 달달 외우며 믿는 척한 거지. 야만인 출신이 제국에서 인정받고 성공할 길은 이거밖에 없었으니까.'

알프난은 그렇게 출세해서 단장자리까지 올라섰다. 그는 문명세계에서 성공한 야만인이었다.

"하발드! 사원을 공격해라!"

알프난이 하발드에게 명령을 내렸다. 하발드가 전사들을 이끌고 태양사원으로 들어섰다.

궁지에 빠진 마을주민과 북부전사들은 사원 안에서 마지막 저항을 하고 있었다.

"루여, 우리를 지켜주시옵소서."

"버림받은 민족을 구원하시어……."

"닥쳐! 무기를 들고도 루의 이름을 외쳐? 우린 여전히 울가로의 후손이다! 멍청이들아!"

"전쟁의 신이 루에게 패하고 도망갔지. 우린 울가로보다 더 강한 신이 필요해."

피투성이 사내들끼리 언성이 오갔다. 말다툼을 하던 그들은 곧 입을 다물고 사원 안으로 들어오는 적들을 바라봤다.

"하! 태양전사단! 동포를 배신하다 못해 이제 루의 신자마저 죽이는구나!"

북부전사들이 태양전사들을 보며 야유를 퍼부었다.

야유를 듣던 하발드가 인상을 찌푸렸다.

'왜 저들이 우리의 적이란 말인가?'

하발드의 칼날이 떨렸다. 상대는 루를 믿는 동포들이었다.

'옛날과는 상황이 많이 달라졌다. 많은 동포가 루를 믿고 있어. 그저 제국에 귀속되기 싫어할 뿐이지.'

하발드에겐 신념이 있었다. 무지몽매한 동포들에게 루의 가르침을 전파하는 것. 태양교를 전파하기 위해서라면 얼마든지 피를 흘릴 각오가 있었다. 그게 그의 신념이고 사명이었다.

'이제 이들은 무지몽매한 동포가 아니다. 루의 가르침에 따라 살아가는 자들이지'

하지만 단장 알프난은 저들의 피를 원했다. 본보기로 처참하게 죽이라는 명령.

태양 만세라는 구호가 입 바깥으로 나오지 않았다. 약자를 지키는 것 또한 루를 따르는 자의 사명. 힘이 없는 동포를 죽여야 하는 자신의 처지가 처량했다.

'어머니의 동포여, 루의 신자들이여……'

하발드가 얼굴을 일그러뜨리며 손을 뻗었다.

"황…… 제폐하 만세! 얀키누스의 이름으로 정의를 집행하라!"

하발드의 말에 전사들과 병사들이 뛰어나갔다. 그는 태양신 루를 모시는 사원에서 피를 뿌릴 터다.

"카아악!"

예상 밖의 일이 벌어졌다. 하발드를 따라온 태양전사들 중에 몇몇이 무기를 제국군에게 향했다.

"……우린 같은 신을 믿는 동포를 베기 위해 태양전사가 된 게 아니다."

"루의 이름으로, 칼을 들지 못하는 동포들을 지키리라."

태양망토를 펄럭이는 전사들이 주민들 앞에 나서며 칼을 앞으로 세웠다. 그 숫자는 십여 명에 달했다.

"내통자가 한둘이 아니었군."

하발드가 배신한 전사들을 보며 중얼거렸다. 평상시에 신앙심이 강하기로 소문난 태양전사들이었다.

오히려 세속적 기질이 강한 태양전사들이 배신하지 않았다. 그들의 주인은 돈을 주는 황제였다.

'황제에 대한 충성심과 태양신 루에 대한 신앙심.'

그 저울의 추가 어느 쪽으로 더 기울어졌느냐에 따라 태양전사들의 행동방식이 달랐다. 그러나 아직까지 배신한 전사는 소수에 불과했다.

"하발드! 우리와 함께 루를 믿는 동포들을 지키자!"

배신한 태양전사들이 외쳤다. 그들은 언젠가 하발드도 포섭할 생각이었다. 예상대로 하발드는 흔들리고 있었다.

"……우린 제국의 녹을 받는 전사들이다. 이들은 제국의 적이지. 허튼소리 말고 이리 와라. 내가 알프난 단장님께 선처를 같이 구해주지."

"그저 제국의 속박에서 벗어나고자 하는 가련한 동포들을 저버리곤 무자비하게 죽일 셈이냐! 하긴 네겐 동포도 아니겠지! 이 반쪽이 녀석!"

하발드의 인상이 크게 구겨졌다.

"배은망덕하게 굴지 마라!"

"우린 제국의 개가 아니다. 그저 루를 믿으며 황제에게 고용된 전사들이지. 어디까지나 대등한 거래관계다! 알프난 단장은 잘못 생각하고 있어! 이들이 도망갈 수 있게 길이라도 열어다오, 하발드! 지금 사원에 모인 자들이 무슨 잘못이 있어서 이렇게 죽어야 한다는 말이냐!"

그저 동포를 구하고자 하는 태양전사들의 외침이었다.

하발드가 악을 썼다. 당장에라도 공격명령을 내리고 싶었지만 입이 떨어지지 않았다.

"웃기지 마! 그래서 형제나 다름없는 다른 태양전사들을 암살하려고 한 거냐? 나도 죽을 뻔했어, 이 자식들아!"

"그건 우리의 뜻이 아니었어. 우리가 일러준 정보로 과격파들이 멋대로 행동한 거지. 우리 중에서도 습격을 받은 자가 있다. 지금 기껏 독립을 위해 일어선 북부의 전사들이 폭주하고 있어. 우리처럼 제국에서 훈련받은 전문적인 군인이 직접 가서 전사들을 통제해야 된다."

의미 없는 말다툼이 오갔다. 하발드는 한숨을 쉬었다.

'최대한 태양전사를 많이 포섭해서 떠날 셈이었군.'

제국기사나 다름없는 태양전사들은 대단한 전력이었다. 그들은 하나하나가 장교나 마찬가지다.

'참고 기다리지 못하고, 눈앞에 동포가 죽는 걸 참지 못하고 일어서다니 어리석긴.'

하발드가 쓰게 웃었다. 그는 이 자리에서 가장 높은 상급지휘관이었다. 단장이 오기 전에는 병사든 전사들이든 그의 명령을 따를 터다.

배신한 태양전사들은 양심에 따라 움직였다. 루를 믿는 동포가 죽는 걸 두고 보지 못했다.

하발드는 자조하며 벌벌 떠는 태양신자와 배신한 형제들을 바라봤다.

"가라, 형제들이여. 난 아무것도 하지 않을 테니까."

하발드가 말했다.

"하발드, 우리와 함께 가자."

"나를 거둬준 제국에 대한 충성과 의리를 지켜야 돼. 비겁하게 충의를 저버린 너희들과 다르다."

하발드의 저울은 수평을 이뤘다. 그는 양심을 저버릴 수도 없었고, 제국을 배신할 수도 없었다. 그래서 아무것도 하지 않았다.

곧 단장 알프난이 도착했고, 텅 빈 사원을 보며 하발드에게 보고를 요구했다. 하발드는 거짓 없이 모든 걸 보고했다.

알프난이 하발드를 경멸하며 쳐다봤다.

"양심을 지킨 대가는 알고 있겠지? 신앙심 높은 하발드."

하발드는 고개를 끄덕였다. 그는 갑옷을 벗고 족쇄를 찼다.

태양전사단은 혼란에 빠졌다. 내부의 배신자가 다수 속출했다. 전투 중에 도망간 태양전사만 이십여 명에 달했다. 그들은 루를 믿는 동포들을 구출해 도망갔다.

"황제폐하가 아시면 태양전사단이 해체될지도 모른다."

단장 알프난이 지끈거리는 머리를 붙잡으며 의자에 앉았다. 간이막사 안에는 간부들이 모여 있었다.

'내가 쌓아온 경력을 무너뜨릴 셈인가, 망할 놈들.'

알프난은 힘겹게 단장 자리에 올랐다. 야만인 출신으로 문명세계에서 성공하려고 별별 더러운 짓까지 다 했었다.

'이제 와서 루에 대한 신앙심이 문제가 되다니.'

독실한 태양전사들은 루를 믿는 동포들을 버리지 못했다. 개종한 동포를 구원하기 위해 자신의 형제들을 배신하고 동토로 숨어들어 갔다.

"아직 배신자가 더 있을지도 모릅니다."

"태양전사단이 이 꼴이 될 때까지 아무도 몰랐다니 참 대단
하군."

태양전사단은 입이 무겁고 신앙심이 깊은 자들로 이루어져
있다. 엄격한 절차를 통해 뽑은 전사들은 굉장히 우수한 인재
들이었다. 내통자들은 조금씩 태양전사들을 포섭해 가며 자신
들의 세력을 불렸다.

"하발드는 어떡합니까? 처형한다면 반발하는 전사들이 있을
겁니다. 비록 배신자들을 그냥 보냈으나 도덕적인 선택이었죠."

"물도 주지 말고 굶겨라. 만약 내통자가 아직 우리 중에 남
아 있다면 하발드를 도우러 나설 거다."

알프난의 말에 간부들이 고개를 끄덕였다.

알프난의 명령을 받은 전사가 하발드를 끌고 가서 기둥에
묶었다.

"하발드, 단장의 명령이다. 개인적인 감정은 없어."

"알고 있어. 각오한 일이다."

하발드는 순순히 처벌을 받았다. 기둥으로부터 다섯 걸음
이 그의 영역이었다.

태양전사단과 제국군은 점령한 마을에 주둔하면서 보급과
지원을 기다렸다. 곧 겨울인지라 방한용품이 많이 필요했다.

손님으로 주둔지에 머무는 유릭이 하발드가 묶인 기둥으로 다가갔다.

"유릭, 가까이 가지 마시오. 하발드는 처벌을 받는 중이오."

망을 보던 전사 하나가 인상을 찌푸렸다.

"누굴 만나든 그건 내 마음이지."

"그렇다면 어떤 오해를 받든 그건 당신의 책임이오."

태양전사가 그렇게 말하며 유릭을 방해하지 않았다.

유릭은 족쇄를 찬 하발드를 바라봤다. 추운 날씨인데도 낡은 천옷만 걸치고 있었다.

"나와 이야기하면 내통자라는 오해를 받을 거요."

바닥에 앉아 있는 하발드가 유릭을 올려다보며 말했다.

"저들이 나보고 뭐라고 말하든 상관없어. 난 너와 이야기하고 싶으니까."

"큭큭, 예나 지금이나 당신은 독특한 사람이오."

하발드가 마른기침을 하며 웃었다.

"내통자가 아니면서 왜 다른 배신자들을 그냥 보내준 거지? 이런 꼴을 당하면서 말이야."

유릭도 하발드에 대한 이야기를 들었다. 듣자마자 그는 하발드의 속내가 궁금했다.

"내가 태양전사가 된 건 어머니의 동포를 바른길로 이끌기 위해서였소. 내가 따르는 길은 오로지 루의 가르침이오. 황제에 대한 충성은 루의 가르침을 따르기 위한 수단일 뿐이지. 황제의 충복이라면 굳이 우리가 태양전사일 이유가 없소. 그건 그저 돈을 좇는 용병이지."

"고지식하군. 하긴 처음 만났을 때부터 너는 그랬어. 스벤에게 싸움을 걸고, 뜬금없이 도적에게 습격받는 농가를 구출하자고 종용했지."

유릭은 기억을 더듬었다.

'당시의 나는 하발드의 요청을 들어주지 않았어. 지켜보던 파헬이 추가금을 지불하겠다고 해서 나와 용병들은 하발드를 도우러 갔었지.'

하발드의 눈동자는 종교적 열망으로 빛났다. 자신의 신념을 위해서라면 목숨조차 바칠 사내다.

'그리고 나는 이런 부류의 사람을 싫어하지 않아.'

유릭이 입술을 씰룩였다.

"하발드, 도움이 필요하면 말해라. 구해주지."

"당신이? 하하, 무슨 수로 나를 도와줄 거요?"

"그거야 내가 알아서 할 일이지."

"도망갈 거면 진작 갔소. 난 내가 한 일에 대한 책임을 질 거요."

"죽는다고 해도?"

"난 내 영혼이 루의 곁으로 갈 거라 확신하오. 그러니 죽음이 두렵지 않지."

유릭은 하발드를 쳐다봤다.

'갈 곳이 있다는 건 부럽군. 나는 아직 방황하고 있거늘.'

유릭은 하발드의 바람대로 그를 내버려 뒀다. 물도 음식도 먹지 못한 채로 하발드는 메말라 갔다. 추위에 그대로 노출되어 하루하루 쇠약해지는 게 보였다.

휘이이잉.

북부의 바람은 칼날 같다. 가혹한 자연환경은 나약한 자를 솎아내고, 강한 자들만을 남겼다.

'패배한 전쟁의 신.'

점령당한 마을에는 울가로의 흔적이 거의 없었다.

울가로는 전쟁의 신이다. 북부인은 힘을 숭상했다. 그러나 승리한 쪽은 태양신을 섬기는 문명인이었다. 사람들은 서서히 울가로를 외면하고 태양신에게 안녕을 기도했다.

'멍청한 전쟁의 신 같으니…… 당신의 후손들조차 지키지 못하는 거요?'

유릭이 킬킬 웃으면서 밤이 드리워진 마을을 쳐다봤다.

"울가로의 머리를 부숴라!!"

태양전사들이 지하에서 울가로의 석상을 꺼냈다. 오래전에 마을 광장에 있었을 석상이었으나, 태양교가 다수가 된 이후로 마을 지하창고에 보관하고 있었다.

콰직!

태양전사가 철퇴를 들고는 울가로의 머리를 부쉈다.

"태양 만세!"

"루의 이름으로!"

태양전사들이 함성을 내질렀다.

'자신의 후손들에게 치욕을 당하다니. 처참하군.'

유릭은 쓰게 웃었다. 패배한 신의 말로는 안타까웠다. 앞으로 시간이 더 지나면 그 누구도 울가로를 믿지 않을 터다.

"내게 들러붙어 봐야 소용없어. 나도 약한 신에게 볼일 없다고. 꺼져."

유릭이 흐릿한 어둠을 바라보며 말했다.

"유릭, 혼자서 뭘 그리 중얼거립니까?"

어느새 게오르크가 다가왔다. 유릭이 움찔했다.

"그냥 술김에 헛소리 한 거야. 신경 꺼. 다른 전사들에게 말을 전했나?"

"네, 언제든 신호만 보내면 움직일 겁니다. 그런데 정말로 내통자들이 하발드를 구하러 행동할까요?"

게오르크는 서부의 전사와 접촉하고 왔다. 서부의 전사들은 꾸준히 유릭을 쫓아오고 있었다. 그만큼 그들은 유릭을 따랐다. 유릭을 위해서라면 목숨까지 서슴없이 바칠 터다.

"내통자들이 정말로 독실한 태양전사라면 하발드가 죽는

걸 구경만 하고 있지 않을 거다."

"확신하는군요."

"성직자란 족속은 그렇거든. 신앙심이 옅은 우리가 이해하기 힘들지."

유릭은 때를 기다렸다. 인내는 익숙했다.

얼마 지나지 않아서 제국에서 방한용품 보급과 서신이 도착했다. 병사들은 새로운 보급품과 가족과 지인의 서신을 보며 들떠 했다.

'그리고 하발드는 한계야.'

열흘이 지났다. 아무리 초인적인 정신력을 지닌 전사라도 버티기 힘들다. 굶주림과 갈증으로 하발드는 죽어갔다.

'움직인다면 지금이다.'

그런 생각을 하는 건 유릭만이 아니다. 태양전사단도 아직도 남아 있을 내통자들을 경계했다.

"유릭, 알프난 단장께서 부르시오."

"나를?"

"저녁식사를 함께 하자고 하시오. 동행도 함께."

유릭은 게오르크에게 손짓했다. 그들은 알프난이 머무는 집 안으로 들어갔다. 원래는 촌장의 집인 터라 내부가 제법 넓었고, 벽면에는 무두질된 동물가죽들이 통째로 걸려 있었다.

"어서 오게, 유릭."

알프난은 제국에서 온 서류와 서신을 보고 있었다. 어제 보급품이 도착한 터라 바쁜 듯했다.

"내가 혹시라도 하발드를 도와줄까 봐 이렇게 만나자고 한 건가? 알프난."

유릭이 대놓고 운을 뗐다.

"뭐, 자네가 하발드와 멋대로 접촉했다는 보고는 들었네. 그런 기우가 없는 것도 아니지. 딱딱하게 알프난이라고 부르지 말고, 알프라고 불러도 좋네."

"하하, 아직 우린 친구가 아니잖아. 그런 호칭은 이르지."

유릭이 웃으며 탁자에 앉았다.

"양고기와 돼지고기가 있네. 어느 쪽이 낫겠나?"

"당연히 둘 다!"

"자네는 욕심쟁이로군."

곧 구운 양고기와 돼지고기가 나왔다. 유릭은 고기를 뜯으며 알프난을 바라봤다.

"하발드는 죽게 놔둘 건가? 제법 유능한 부하일 텐데?"

"하발드도 각오한 일이네. 다 큰 사내가 선택한 길이지."

알프난이 포도주를 꺼냈다. 유릭과 알프난은 건배를 하며 술을 마셨다. 유릭의 입으로도 상당히 고급술이라는 게 느껴졌다.

"좋은 술이군. 입에 달라붙는 맛이 장난이 아닌걸? 밤새 먹으라고 해도 먹겠어."

"이건 내가 아끼는 술이네. 좋을 일이 있으면 먹으려고 가지고 다녔어."

"고작 마을 하나 점령하고 부하를 죽게 놔두는 게 좋은 일인가?"

"아니, 그건 아니야. ……유릭, 고맙네."

유릭의 간담이 서늘했다. 그는 도끼자루를 잡았다.

"게오르크, 알아서 몸을 사려라."

유릭이 중얼거렸다.

알프난이 뒤로 물러나며 술병을 땅에 떨어뜨렸다.

"서신이 왔어. 서부의 약탈자를 이끄는 유릭에게 수배가 걸려 있더군. 자네를 생포한다면 황제폐하께서 내게 큰 상을 내리시겠지."

쿵, 쿵.

사방에서 문이 열렸다. 기다리고 있었다는 듯이 무장한 태양전사들이 모습을 드러냈다. 그 숫자는 다섯이었다.

"이야, 이거는 예상하지 못했어. 정말로."

유릭이 식은땀을 흘리며 도끼와 칼을 들었다.

'전장에서 내 정체가 새어 나갔을 줄이야. 그걸 생각하지 못했다. 바보 같군.'

나름 철두철미하다고 생각했는데 허점이 있었다. 그렇기에 아직 미숙한 인간일 터.

찌릿, 찌릿.

온몸의 털이 곤두서는 느낌이었다. 감각이 확장되면서 전사들의 숨소리가 들렸다. 두려움에 떠는 게오르크의 심장소리마저 들리는 듯하다.

"후-우-우-우."

유릭이 숨을 내뱉었다. 태양전사들은 쉽사리 달려들지 못했다.

'숫자가 앞서는데도 이길 거라는 느낌이 들지 않아.'

다섯 명의 태양전사. 단장 알프난까지 합하면 여섯 명이었다. 그런데도 유릭을 둘러싸고 한참이나 머뭇거렸다.

'젊은 나이에 얼마나 많은 수라장을 헤쳐 나온 거지?'

알프난도 전투태세에 들어간 유릭을 보며 눈을 동그랗게 떴다. 전장에서 구르고 구른 전설적인 전사들에게나 느껴질 만한 위압감이 유릭에게 있었다.

'검귀 페르젠처럼.'

늙은 검귀에게도 도저히 이길 거라는 느낌이 들지 않았었다. 페르젠은 싸우기도 전에 상대를 이기는 법을 알았다. 알프난은 유릭에게서 페르젠의 냄새를 맡았다.

'명령을 내려야 한다.'

알프난이 심호흡을 했다. 생사가 갈리는 건 찰나다.

"놈을 잡아라!"

알프난이 외쳤다. 다섯 명의 전사가 일제히 유릭을 향해 달려들었다. 유릭의 기세에 눌린 전사들은 게오르크 따윈 안중에도 없었다. 오로지 유릭만 바라봤다.

휘릭!

유릭이 자루까지 강철로 만들어진 도끼를 횡으로 휘둘렀다. 부메랑처럼 날아간 도끼가 전사의 목을 부러뜨렸다.

"카악!"

순식간에 한 명이 죽었다. 동료의 죽음에 망설이는 전사는 없었다.

'이들은 우수한 전사들이다. 죽는 한이 있어도 상관의 명령에 따르지.'

유릭은 거기에 자신의 생명을 걸었다.

'알프난은 나를 생포하려 한다. 제국의 수도에 도착할 때까지 나를 살려둬야 해.'

유릭이 키득키득 웃었다. 그의 눈동자가 기이하게 움직이며 매서운 칼날들을 좇았다.

'감히 생포하겠다는 마음으로 싸워? 그렇게 안일하게 싸워서 날 이길 수 있다고?'

유릭은 미친 사람처럼 사나운 칼날 속에 목을 내밀었다.

피슛!

태양전사들이 황급히 칼날을 꺾었다. 칼날은 유릭의 목에 생채기를 내며 지나갔다.

우수한 전사들이기에 유릭을 생포한다는 목적을 잊지 않았다. 평범한 병사 같았으면 그대로 유릭을 죽였을 터다.

푸-욱!

유릭은 전사들을 살려둘 필요가 없었다. 그의 칼날이 전사의 사슬갑옷을 관통해 내장을 휘저었다.

찌꺼어억!

유릭이 전사의 몸을 걷어차며 칼날을 길게 뽑았다. 내장의 살점이 칼날에 뒤엉켜 나왔다.

"생포할 생각으로 싸우면 날 이기지 못해. 나는 유릭이다. 내 형제들은 나를 위대한 전사라고 부르지."

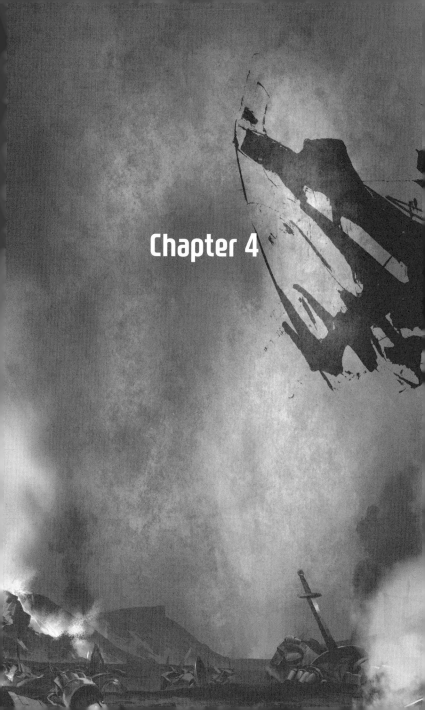

Chapter 4

족쇄를 찬 하발드는 눈을 깜빡였다. 배고픔과 굶주림 같은 속세의 감각은 흐려진다.

'루여.'

입술을 달싹이지만 목소리는 나오지 않았다.

'저는 당신의 가르침을 어머니의 민족에게 전파하려고 노력했습니다.'

하발드는 반쯤 감긴 눈동자로 어둠을 응시했다. 어둠이 깊게 일렁였다.

'어머니.'

하발드는 어머니를 생각했다. 그의 어머니는 제법 높은 신분이었으며 일찍이 태양교로 개종한 북부인이었다. 그녀는 동포들에게 경멸과 비난을 당하면서도 자신의 신앙을 포기하지 않았고, 북부인의 자기파괴적인 관습에 질려 문명세계로 건너왔다.

'어머니는 루의 가르침을 북부에 전파해야 한다고 늘 말씀하셨지.'

루의 가르침은 북부 널리 퍼졌으나, 개종한 북부인들은 자유를 갈망했다. 야만인이 아닌 태양교를 믿는 신자로서 정당한 권리를 요구했다. 적어도 자신들의 왕국을 세우기 전까지는 멈추지 않을 터다.

'자치를 향한 요구는 정당하다.'

북부와 남부를 정벌하던 당시의 명목도 이교도를 개종시킨다는 이유였다. 실제로 문화통치를 위해 많은 성직자들이 야만의 땅으로 건너갔으며 순교자도 그만큼 많았다.

제국의 속국들도 조공을 바칠 뿐이지, 통치는 그 땅에서 태어난 왕족과 귀족이 하고 있었다. 북부와 남부만이 자치권조차 없이 제국에게 완전히 종속되어 있었다.

'나는 옳은 일을 한 것인가?'

하발드는 배신한 형제들을 도망가게 내버려 뒀다.

'나를 포섭하려 했다면 나도 금방 넘어갔을지도 모르지.'

이미 늦은 일이다.

"후욱."

하발드가 가느다란 숨을 내뱉었다. 태양이 뜨지 않는 밤이다.

'쓸쓸한 죽음이겠군.'

하발드는 자신이 오늘 밤을 버티지 못할 거라는 걸 알았다. 눈을 감고 잠들면 일어나지 못할 터다.

쿵!

하발드가 고개를 떨어뜨렸다가 소란에 눈을 힘겹게 떴다.

'무슨 일이라도 있는 건가?'

오감이 둔해서 정황을 파악하기 힘들었다.

캉!

무기가 부딪치는 소리가 났다.

"하발드!"

무장한 태양전사 서너 명이 하발드를 구하러 달려왔다. 태양전사 내부에 남아 있던 내통자들이었다.

"……날 내버려 둬."

"그럴 순 없지, 하발드. 루의 가르침대로 행동한 너를 이대로 버리고 간다면 우린 태양전사의 자격이 없는 거다. 너를 위해서 이러는 게 아니야. 우리를 위해서지."

태양전사들이 망치와 징을 가져와서 하발드의 족쇄를 끊었다.

"일어설 수 있겠나? 뭐, 그냥 물어본 거다. 업어!"

하발드는 축 늘어진 상태로 태양전사에게 업혔다. 그는 눈동자를 굴리며 주변 경계가 허술한 걸 확인했다.

"무슨 일이 있는 거지?"

"싸움이 났어."

"습격?"

"아니, 유릭."

"유릭?"

하발드가 고개를 들었다. 태양전사가 마저 대답했다.

"서부의 약탈자가 바로 유릭이다. 제국에서 수배령이 떨어졌
어."

하발드의 동공이 크게 흔들렸다.

"그 서부의 약탈자가 유릭이라고?"

"지휘관 중 하나라고 하더군."

"유릭을 버리고 갈 건가?"

"수를 써봤어. 운이 따른다면 살겠지."

서부의 약탈자는 북부의 자치와 독립에 불씨를 당긴 집단이
다. 그들은 제국군과 대등하게 맞섰으며 랑케가트 왕국을 멸
망까지 몰아갔다.

하발드는 태양전사의 등에 업혀서 뒤를 바라봤다. 주둔지
가 멀어지고 있었다.

유릭은 낮게 숨을 들이마시고 뱉었다. 피비린내가 코안을 후비며 뇌까지 스며들었다.

'역시 태양전사들이다. 쉽게 죽어주지 않는군. 이제 두 명이라니.'

유릭이 처치한 태양전사는 둘이었다. 아직 단장 알프난과 세 명의 태양전사가 남아 있었다.

알프난과 태양전사들은 몹시도 당황했다.

'눈으로 보고도 믿기 힘들군. 태양전사 다수를 상대로 저렇게 잘 싸우다니.'

좁은 집 안에서 유릭은 이리저리 태양전사들의 공격을 피해 가며 싸웠다. 생포라는 전제조건이 붙었다지만, 다수의 태양전사를 상대로 버티는 건 대단한 실력이었다.

'어쩌면 우리가 질지도 모른다.'

알프난이 인상을 찌푸렸다.

'대단한 전사라는 것만큼은 인정할 수밖에 없군.'

유릭과 태양전사들이 또다시 맞부딪쳤다. 피가 한바탕 쏟아진다. 태양전사의 머리가 천장까지 솟았다가 바닥을 뒹굴었다.

"셋."

유릭이 짧게 말했다. 남은 사람은 알프난과 태양전사 두 명.

'여길 빠져나가려면 알프난을 생포해서 인질로 잡아야 하나? 바깥에 대기 중인 전사가 있을까? 다섯 명이면 충분하다

고 생각해서 별다른 준비를 안 했을지도 모르지.'

유릭의 머리에는 생각이 쉬지 않고 오갔다. 그러면서도 눈동자는 적들의 손을 놓치지 않았다.

'그간 충분히 쉬어서 몸 상태가 날아갈 듯이 좋다. 누가 덤비든 질 것 같지 않아.'

유릭이 희미한 미소를 띠었다.

유릭은 발디마 전투 이후로 싸움을 하지 않았다. 충분한 휴식을 취한 유릭의 몸뚱이에서는 끝없는 힘이 꿈틀거렸다.

약관을 넘긴 유릭의 육체는 전사로서 전성기였다. 그 나이 또래 전사에게 부족한 경험조차 풍부했다.

"히이이익!"

태양전사 한 명이 게오르크를 인질로 붙잡았다. 게오르크의 목덜미에 칼날이 바짝 붙었다.

"그 명예로운 태양전사가 인질을 붙잡고 싸우다니 박수를 칠 노릇이군."

"유, 유릭! 살, 살려주십쇼!"

게오르크가 기겁하며 외쳤다.

"네 몸은 알아서 간수하라고 말했잖아. 나도 힘들어, 게오르크."

유릭이 어깨를 으쓱하며 웃었다. 그는 무기를 떨어뜨리지 않았다.

"뭐, 역시 인질은 소용없겠지. 죽여."

알프난이 턱짓을 하며 명령을 내렸다.

"으, 으아아아아아!"

게오르크가 비명을 질렀다. 칼날이 그의 목을 파고들었다.

유릭도 인상을 찌푸렸다. 게오르크를 구하러 달려가다가는 공격에 빤히 노출된다.

"여, 역시 나는 죽고 싶지 않아!"

게오르크는 주인을 배신하고 애인을 죽게 만든 죄책감에 시달렸다. 그 때문에 자신이 죽고 싶어 한다고 생각했었다. 하지만 죽음을 마주하자 생각이 바뀌었다.

'난 살고 싶어! 살아서 더 예쁜 여자를 만나고! 출세도 하고 싶다고!'

세속적 욕망이 단숨에 끓어올랐다. 게오르크의 동공이 커졌다. 심장이 쿵쾅쿵쾅 뛰었다.

"도와달라고! 유릭! 이 망할 새끼야아아아! 잘난 척 좀 그만하고오오!"

게오르크가 소리를 내질렀다.

찌이익!

태양전사가 유릭을 유도하려고 천천히 칼날을 게오르크의 목에 밀어 넣었다. 핏물이 칼날을 타고 흘러내렸다.

"하아."

유릭이 한숨을 쉬었다.

'게오르크도 내 부하지.'

자신의 부하가 저렇게 죽는 걸 그냥 보고만 있을 순 없었다. 유릭은 위험을 감수하고 달려들었다.

푸욱!

유릭이 무기를 휘두르기도 전에 살이 뚫리는 소리가 났다.

"어?"

모두가 당황했다.

게오르크를 인질로 잡고 있던 태양전사가 쓰러지며 게오르크를 놓쳤다. 그 뒤에는 다른 태양전사가 칼을 들고 서 있었다.

"내통자……."

"내장은 찌르지 않았어. 제때 치료하면 죽지는 않을 거다, 형제."

남은 태양전사 중의 하나는 내통자였다. 그는 게오르크를 보호하며 유릭의 편에 섰다.

상황은 순식간에 역전되었다. 혼자 남은 알프난이 아랫입술을 꽉 깨물었다.

"라게릭, 너도 배신자였나! 너마저! 나를!"

알프난이 흥분했다. 배신한 태양전사 라게릭은 오랫동안 알프난의 측근이었던 전사였다.

"알프난 단장, 내가 태양전사가 된 건 개종한 동포들이 무시

당하지 않는 세상을 만들기 위해서였소. 북부인이 차별과 무시를 당하지 않는 세상!"

태양전사 라게릭이 담담히 대답했다.

"우리 같은 북부인이 제국에서 많이 출세하면 자연스레 그런 세상이 올 터다!"

"한때는 나도 그리 생각했지. 하지만 그것보다 루를 믿는 북부인의 왕국을 만드는 게 더 빠를 거요. 지금이 바로 그 기회요."

"라게에에리이이익!"

알프난이 악을 쓰며 달려왔다. 유릭은 그 틈을 놓치지 않고 끼어들었다.

캉!

유릭의 쌍수가 번뜩였다. 그는 왼손의 칼로 알프난의 공격을 쳐 냈다. 그러곤 오른손의 도끼로 알프난의 머리를 찍었다.

콰직!

자루까지 쇠로 만든 무지막지한 도끼는 둔기나 다름없었다. 투구를 쓴 알프난조차 얻어맞고 땅바닥에 쓰러졌다.

"거봐, 나한테는 쌍수무기가 낫다니까."

유릭이 쓰러진 알프난을 보며 빈정거렸다. 그가 칼을 높게 들었다.

"유릭, 알프난을 살려주시오. 비록 뜻은 다르나 나와 같은 형제요. 오랫동안 함께 싸웠으니 진짜 형제나 다름없는 사이지."

라게릭이 마무리하려던 유릭을 막아섰다. 유릭이 고개를 삐딱하게 기울였다.

"내 형제는 아닌데?"

"내 협조를 얻고 싶다면 알프난을 죽이지 않는 게 좋을 거요. 이건 제안이 아니라 경고요."

라게릭의 눈동자가 서늘했다. 유릭이 들었던 칼을 집어넣었다.

"여길 빠져나갈 방법이 있나? 저택을 나가자마자 병사들이 몰려올 것 같은데?"

"따라오시오."

라게릭이 창문을 깨부수며 유릭을 안내했다.

"유, 유릭. 저, 저 버리고 안 갈 거죠? 그, 그러리라 믿습니다."

홧김에 유릭에게 악을 내질렀던 게오르크가 상처를 입은 목을 감싸며 말했다.

"평소에 내가 그렇게 잘난 척하고 다녔던가?"

유릭이 싱글벙글 웃으며 라게릭을 따라 창문을 넘었다. 게오르크는 새파래진 안색으로 허겁지겁 유릭과 라게릭을 쫓아 갔다.

태양전사단의 시작은 삼십여 년 전이다. 선대 황제는 오랫동안 남부와 북부를 정복하기 위해 전쟁을 반복했다. 오랜 전쟁으로 제국군의 소모는 컸고, 숙련된 전사의 숫자는 부족했다. 황제는 궁여지책으로 개종한 야만인에게 명예로운 지위를 약속하며 고용했다.

태양전사단의 조건은 단 두 가지. 독실한 신앙심과 뛰어난 전투능력.

설사 속으로는 신앙심이 깊을지라도 확인할 방법은 없다. 독실한 신앙심의 기준은 태양교리를 얼마나 많이 알고 이해하는지였다. 성직자만큼이나 태양교리에 대해 밝지 않으면 입단하지 못했다.

태양교리에 밝아야 된다는 조건 때문에 태양전사단의 구성원은 지식인층의 북부인이 대부분이었다. 북부인 사회에서도 고위층이라 불리며 일찌감치 문명을 접해온 씨족의 장이거나 그 아들들이 그런 부류였다. 문명세계로 따지면 귀족들인 셈이다.

"우리는 오래전부터 내부에서 많은 토론을 해왔소. 비록 황제에게 고용된 무리이나, 뿌리가 북부인이라는 건 잊지 않았지. 뭐, 소수의 남부인도 있지만 말이오."

라게릭이 어둠을 가로지르며 말했다. 태양전사단 내부의 협력자들 덕분에 유릭과 게오르크는 주둔지에서 빠져나올 수 있었다.

"제국에서 북부인의 세력을 넓혀가며 자치를 인정받는 것도 하나의 계획이었으나, 언젠가는 이런 날이 올 줄 알았소. 북부와 제국 둘 중의 하나를 선택해야 하는 날이 이렇게 왔지."

"북부인에게는 동포를 배신했다고 욕을 먹고, 태양전사단에게는 형제를 배신했다고 욕을 먹는군."

유릭이 반쯤 빈정거렸다.

"둘 다 맞는 말이오. 그저 자신의 출세를 위해 제국에게 충성하며 동족과 싸운 알프난 같은 자도 있으니까. 신앙심이니 루의 가르침이니 포장해도 결국은 부귀영화를 위해 싸우는 태양전사도 많지. 또한 그들이 속세에 찌들었건 말건 우리가 형제를 배신한 건 사실이니 말이오."

라게릭은 차분히 모든 사실을 인정했다. 그는 여전히 태양망토를 두르고 있었다. 제국에 반기를 들었을지라도, 그가 루를 모시는 전사라는 건 변치 않는 사실이다.

"유릭, 말해보시오."

"뭐가?"

"서부의 약탈자를 이끄는 전사가 어째서 이 북부까지 온 거요?"

유릭이 조용히 라게릭을 쳐다봤다. 잠시 생각하던 유릭이 무어라 말을 하려다가 다물었다. 그가 하늘을 바라봤다.

"유릭?"

라게릭이 유릭의 대답을 기다리며 말했다.

"쉿잇."

유릭이 검지를 입술에 가져갔다. 그는 귀를 쫑긋 세우며 코를 킁킁거렸다.

'송진 타는 냄새와 쇳소리.'

라게릭과 게오르크는 유릭이 왜 저러는지 이해하지 못했다. 유릭의 오감은 남들보다 배는 뛰어났다.

유릭이 나직이 뒤를 보며 중얼거렸다.

"추격이 온다."

"그걸 어떻게?"

라게릭이 눈을 동그랗게 떴다. 하지만 유릭의 말이 맞았다. 곧 저 멀리서 횃불이 일렁였다. 횃불들은 이쪽으로 오고 있었다.

태양전사 아드카는 병사들을 모아서 추격대를 단독으로 꾸렸다.

'제기랄, 단장은 기절해서 정신을 못 차리니 나원.'

단장 알프난은 기절한 채로 일어나지 못했다. 거기다가 내통자들이 하발드까지 빼돌린 터라 주둔지 내부의 상황이 엉망이었다.

'하발드보다는 유릭을 쫓는 게 먼저다.'

아드카는 우선순위를 확실히 정했다.

'서부의 약탈자 유릭.'

말로만 듣던 서부의 약탈자였다. 그것도 지휘관급 상대다. 생포한다면 엄청난 포상이 있을 것이다.

아드카는 포상을 노리고 명령도 없이 행동했다. 자신의 병사를 이끌고 추격에 나섰다.

'어리석은 형제들아, 제국과 싸워 이길 수 있을 거라고 생각하나? 정말로?'

아드카는 쓴웃음을 지었다. 수십여 명의 태양전사가 이탈했다. 그들은 제국과 척을 지고 루를 믿는 북부인의 왕국을 세우려고 한다.

'의도는 좋지. 하지만 제국의 보호를 거부하고 우리가 살 수가 있을까?'

오히려 이번 반란으로 북부인의 차별이 더 심해질지도 모른다. 간신히 제국의 인정을 받은 태양전사단의 입지조차 위태로웠다.

'여기서 유릭이라도 잡아간다면 전화위복의 기회가 될 수도 있어.'

아드카는 부지런히 병사들을 독려했다.

"가장 먼저 도착하는 자에게 금화 10닢을 주겠다!"

"오우우우!"

병사들의 발걸음이 빨랐다. 그들도 포상을 기대하며 유릭을 쫓았다.

피슛!

어둠 속에서 화살이 날아와 병사의 머리를 꿰뚫었다.

"방패!"

"엎드려!"

병사들이 소리를 질렀다. 그들이 어둠을 응시해 보지만 화살을 쏜 사람은 보이지 않았다.

화살은 계속 날아와 병사를 하나씩 꿰뚫었다. 시간 차로 봐서는 한 명이 쏘는 듯했다.

"불을 꺼! 화살에 노출된다!"

병사들은 불을 끄고 눈이 어둠에 적응할 때까지 기다렸다.

꺼진 횃불에서는 아직도 미약하게 연기가 피어올랐다. 유릭은 콧구멍을 씰룩이며 그 냄새를 맡았다. 그는 다시 활시위를 당기며 어둠을 바라봤다. 병사들이 움직일 때면 그림자가 미묘하게 흔들려서 위치를 볼 수 있었다.

피슛!

유릭의 화살이 또다시 병사를 꿰뚫었다.

'지금 상황에서 적이 보인다고?'

라게릭이 입을 벌리며 유릭을 쳐다봤다. 유릭은 차분히 화살을 쏘며 적을 하나씩 맞혔다. 급하게 나온 병사들은 경무장인 터라 화살에 맞는 족족 치명상을 입었다.

"놈들이 올라오고 있소, 유릭. 다시 뒤로 빠집시다."

화살세례에도 불구하고 병사들은 가까이 다가왔다. 라게릭은 후퇴를 종용했지만 유릭은 꿈쩍도 하지 않았다.

"게오르크! 신호를 보내."

유릭이 외쳤다. 게오르크가 허리춤에 매달린 뿔나팔을 입에 물었다.

뿌우우우우!

게오르크는 얼굴이 벌겋게 변할 때까지 나팔을 반복해서 불었다.

"잡았다! 이 자식들아!"

가장 먼저 도착한 병사가 유릭 가까이 다가왔다. 금화를 받을 생각에 싱글벙글한 병사가 방패를 내리며 창으로 찔렀다.

"잡긴 뭘 잡아!"

유릭이 찔러오는 창을 겨드랑이에 끼우며 병사를 잡아당겼다. 유릭의 양손이 교차하더니 병사의 머리가 뒤로 꺾였다.

"포위해! 먼저 덤비지 마!"

뒤늦게 쫓아온 태양전사 아드카가 외쳤다. 그가 지휘하는 병사는 사십여 명 정도였다. 추격하는 사이에 벌써 10명이나 유릭에게 당했다.

'적은 세 명이다. 고작 세 명!'

병사들이 거리를 유지하며 유릭 일행을 포위했다.

유릭은 방금 뺏은 창을 빙글빙글 돌리며 주변을 맴도는 병사들을 쳐다봤다.

"저놈이 대장인가."

유릭이 병사들 뒤에 서 있는 태양전사 아드카를 발견하곤 팔을 가볍게 휘둘렀다.

쉬익!

유릭이 들고 있던 창이 아드카를 향해 날아갔다. 투척용 창이 아닌데도 매섭게 아드카의 머리를 노렸다.

카앙!

아드카가 가까스로 방패를 들어서 유릭의 창을 막았다. 그는 인상을 찌푸리며 팔목을 주물렀다.

'팔이 저려온다. 투척용 창도 아닌데 이 정도 거리를 저렇게 가볍게 던지다니……'

유릭은 아드카가 창을 막아낸 걸 보며 입맛을 다셨다.

"역시 태양전사로군. 쉽게 당하지 않아."

유릭은 도끼와 칼을 하나씩 꼬나 쥐며 중얼거렸다. 포위망이 완성되면서 병사들이 거리를 좁혀왔다.

"게오르크, 일 똑바로 한 거 맞아? 아니면 우리 전부 뒈져."

유릭이 툴툴거렸다. 게오르크도 좁아지는 포위망을 보며 사색이 되었다.

라게릭은 이맛살을 찌푸리며 칼과 방패를 들었다. 그는 다가오는 병사들을 보며 기도했다.

피슛!

갑자기 화살이 날아왔다. 포위망을 형성하던 병사들이 하나둘씩 쓰러졌다.

"뒤다! 뒤!"

병사들이 방패를 뒤로 돌렸다.

"히호오오오!"

괴이한 함성이 어둠에서 솟아났다. 모피를 칭칭 걸친 서부의 전사들이 활과 도끼를 들고는 뛰쳐나왔다.

서부전사들이 달리면서 화살을 쐈다. 병사들과 거리가 가까워지자 거침없이 도끼를 뽑아 들며 근접전으로 들어갔다. 어둠을 가로지르는 기습에 병사들은 당황하며 서로 뭉치려고 했다.

잘 훈련받은 병사들은 불리한 상황에 처하면 본능적으로 방진을 이뤘다. 유릭을 둘러싼 포위망도 덩달아 풀렸다.

"왔다! 왔어!"

게오르크가 눈물을 흘릴 듯이 외쳤다.

콰직!

태양전사 아드카는 옆에서 나타난 서부의 부족전사들을 보며 인상을 찌푸렸다.

'이들이 그 소문이 자자한 약탈자들인가!'

아드카를 비롯해 이곳에 있는 병사들은 서부와 접촉이 없었다. 그들은 생전 처음 보는 야만인들에게 낯선 공포를 느꼈다.

"물러서지 마라! 수는 우리가 앞선…… 커억!"

정신없이 지휘하던 아드카가 신음하며 자신의 가슴을 쳐다봤다. 도끼 하나가 가슴에 박혀 있었다.

'어느새……'

유릭이 멀리서 날린 손도끼였다. 유릭은 손바닥을 가볍게 털며 아드카를 쳐다보더니 목을 긋는 시늉을 했다.

지휘관이 당한 추격대는 도망가기 바빴다. 전사들이 끝까지 그들을 추적해 무자비하게 머리를 베어냈다. 살아서 도망가는 병사는 십여 명에 불과했다.

라게릭은 무기를 집어넣고는 쓰러진 아드카에게 다가갔다.

"아드카……."

라게릭은 피를 토하는 아드카를 바라봤다. 가슴에 박힌 도끼를 빼면 출혈로 바로 죽을 몸이었다.

"배신자 라게릭, 만족하느냐……. 기어이 형제의 피를 보면

서까지 해야 할 일이더냐?"

아드카가 숨을 헐떡였다.

"지금이 일어서지 않으면 북부인의 왕국은 영영 없을 거다."

"북부인의 왕국? 그깟 게 네겐 중요한 모양이로군, 라게릭."

아드카가 인상을 찌푸렸다.

"세상을 비추는 태양빛처럼 루께서 북부인과 문명인을 차별 없이 사랑하신다면…… 우리에게도 공평하게 왕국을 내려주실 거다."

라게릭의 눈동자는 차분했다. 아드카는 어리석은 형제를 보며 웃었다.

"큭, 큭. 루의 가호가 있기를, 바보 같은 내 형제여!"

아드카가 스스로 가슴에 박힌 도끼를 뽑았다. 막혀 있던 핏물이 바깥으로 흩어지면서 그의 동공이 커졌다. 숨을 헐떡이던 아드카의 몸짓이 점점 잦아들었다.

"당신의 아들이 돌아갑니다, 루여. 부디 공정하게 세상을 굽어살피옵소서."

라게릭이 낮게 기도하며 일어섰다.

'라게릭은 북부인의 왕국을 루가 내려줄 거라 생각하는군. 울가로는 실패했으니까……'

유릭은 라게릭을 응시하다가 고개를 틀어서 전사들을 바라봤다. 피를 맛본 전사들이 유릭의 명령을 기다리고 있었다.

"하, 하하하!"

카르니우스의 보고를 들은 황제 얀키누스는 백야궁에 처박혀서 미친 사람처럼 웃었다. 그의 시중을 드는 여인들은 침묵하며 얀키누스 곁에 가지 않았다.

"과연 날 가지고 놀았던 건가? 야만인 주제에? 나를?"

이제야 서부개척이 버벅였던 이유를 알았다.

"나를 능멸했구나, 유릭."

얀키누스가 거칠게 유리잔을 벽에 내던졌다. 유리잔이 깨지자 헐벗은 여자들이 황급히 유리조각을 주워 담았다.

"아주 재미있군. 재밌어."

유릭은 얀키누스의 뜻대로 움직이지 않았다. 나아가 얀키누스를 이용해 자신의 고향을 구했다.

'서부군단이 당한 것도 다 납득이 가는군. 유릭은 먼저 건너가서 침략을 대비했겠지. 영리한 놈이니까 짧은 시간 내에 어떻게든 제국군에게 대응할 군대를 만들었을 거다.'

얀키누스가 눈에 띄는 여인을 보며 턱짓을 했다. 여인이 벽에 기대며 등을 내보였다.

얀키누스는 허리띠를 풀어서 채찍처럼 휘둘렀다.

짜악!

여인의 등에서 붉은 자국이 부어올랐다. 얀키누스는 화풀
이를 하듯 허리띠를 무자비하게 휘둘렀다. 여인의 등이 갈라지
면서 벌건 속살이 드러나서야 채찍질이 멈췄다.

백야궁의 여인들은 이런 일에 익숙한 듯이 부상을 입은 여
인을 부축하며 어디론가 데려갔다.

얀키누스가 땀을 흘리며 허리띠를 내던지고 뒤로 벌러덩 누
웠다. 여인들이 다가와 입으로 물을 전달했다.

'업적을 세우겠다는 나를 보며 속으로 얼마나 비웃었을까?'

얀키누스는 유릭을 앞에 두고 자랑스레 하늘산맥을 운운했
다. 이미 하늘산맥을 넘고 온 사내에게 그런 말을 했다. 그게
너무나 창피해서 얼굴을 쥐어뜯고 싶은 심정이었다.

"야만인이! 세상의 주인인 나를 비웃었다! 이 얼마나 어처구
니없는 일이더냐!"

이렇게 자존심이 구겨진 적은 없었다. 언제나 남을 이용하
며 위에서 군림하던 얀키누스였다. 태어날 때부터 제왕의 자
리를 약속받은 사내. 하늘의 주인은 루일지라도, 지상의 주인
은 황제였다.

백야궁의 여인들은 떨었다. 얀키누스의 괴팍한 성벽은 익히
알고 있었으나, 젊은 황제가 저리 분노하는 건 그녀들조차 처
음 보는 일이었다. 잔혹한 성정을 지닌 사내이긴 했으나, 매사

에 여유가 있었고 흥분하는 일은 드물었다.

"노야, 너무 일찍 나를 두고 갔어."

얀키누스가 고개를 뒤로 젖히며 중얼거렸다. 검귀 페르젠은 그가 유일하게 터놓고 이야기했던 상대였다.

"주변에는 기회만 된다면 언제든 군대를 이끌고 어떻게든 나를 집어삼켜 보려는 놈들밖에 없지."

안심하고 군대를 맡길 자도 없었다. 노련한 명장들은 황제에 대한 반감이 심했고, 젊은 기사들은 지휘경험이 미숙했다.

'첫 단추부터 잘못 끼웠다. 유릭이 내 계획을 제대로 망쳤어.'

얀키누스의 계획은 엇나가도 많이 엇나갔다. 그는 서부군단만으로 서부를 정복하고 노예사업을 할 생각이었다. 북벌과 남벌이 끝나면서 뽑아낼 수 있는 노예는 한계에 달했기 때문이다.

하지만 노예사업을 시작하기는커녕 군단 하나가 증발했으며, 카르니우스의 군대조차 야만인들을 섬멸하지 못했다. 설상가상으로 속국 하나가 쑥대밭이 되면서 불안이 문명세계 전반에 퍼져 갔다.

'일단 북부부터 빠르게 평정해야 한다. 알프난이 알아서 잘하겠지. 놈은 내게 잘 보이기 위해서 안달이 난 녀석이니까. 문명세계에 연고가 없는 야만인이 때론 음흉한 귀족보다 더 믿음직스러워.'

제국이 빈틈을 보이자마자 북부인들이 들고 일어섰다. 군단을 재편성할 시간과 여유가 없었던 얀키누스는 태양전사단을 중심으로 군대를 파견해 북부반란의 싹을 뽑을 생각이었다.

얀키누스는 백야궁에서 밤을 지새우며 쌓인 분노를 여인들에게 풀었다. 밤새도록 궁사관이 궁중의사를 데리고 백야궁을 오갔다.

"……나는 세상의 주인이다. 고작 야만인들 따위에게 당황하면 황제라 자처하기도 힘들지. 안 그런가?"

"그렇습니다, 폐하."

멍투성이 여인이 술을 따르며 말했다. 손가락이 부러져서 덜렁거리는데도 내색하지 않고 술을 따랐다.

얀키누스의 눈동자는 놀랍도록 차가우면서도 고요했다. 그의 사리분별을 해치던 부정적인 감정은 거친 폭력과 함께 빠져나갔다.

아르텐 전초기지는 삭막했다. 야만인들의 본거지라는 소식이 파다하게 퍼졌다. 하지만 그 누구도 토벌군을 보낼 생각을 못 했다.

그 누가 제국군과 싸워 살아남은 야만인들과 맞서려고 하겠는가? 언뜻 들리는 말로는 제국군도 큰 피해를 입어 소강상태라는 소문이 돌았다.

"진짜로 그런 거겠지. 아직까지 제국군이 움직이지 않잖아. 저기에 틀어박힌 야만인들을 토벌할 생각조차 하지 않고 있다고."

사람들은 그렇게 떠들었다. 실제로도 맞는 말이었다.

제국군은 서부연맹군과 싸워 만만찮은 피해를 입었다. 카르니우스의 주력군이 발디마에서 유릭에게 패했기에 제국병과 기사들의 소모가 특히나 컸다. 그 일 때문에 카르니우스는 심한 문책을 받았으며 병사들의 신뢰도 잃었다.

"카르니우스 장군이 아들을 잃어 무모한 판단을 했다고 하더군. 병사와 기사들의 목숨을 낭비했지."

군의 신뢰를 잃은 카르니우스의 권위는 추락했다. 친황제파들은 패배한 노장을 비웃었고, 반황제파들조차 카르니우스가 늙었다며 수군거렸다.

'보통 야만인들이 아니거늘.'

카르니우스의 말은 어떤 설득력도 가지지 못했다. 이미 서부의 연맹군은 북부의 전성기 때와 다름없는 군세를 가졌다. 자칫하면 제국의 심장까지 들이닥칠지도 모른다. 그런 경고를 진지하게 듣는 사람은 없었다.

카르니우스는 자신의 저택에 틀어박혀서 근신하듯 침묵했다. 그는 당분간 황궁에 모습을 드러내지 않았다.

"유릭."

카르니우스는 유릭의 이름을 읊조렸다. 그에 대한 보고도 황제에게 올렸다.

'하멜 마상창시합의 우승자, 결투에서 갑옷을 맨손으로 부순 자, 그리고…… 현 포를카나 국왕이 왕좌를 차지하는 데 큰 공헌을 한 자.'

유릭과 포를카나의 왕은 친밀한 사이였다.

'포를카나 왕국에 대한 감시와 제재가 필요해.'

카르니우스만 그리 생각하는 게 아니다. 유릭과 포를카나의 관계는 알 만한 사람들은 다 알았다. 포를카나를 공격해야 한다는 말까지 회의석상에서 나올 정도였다.

바르카 바누 포를카나, 그는 왕좌를 노리는 숙부의 목을 베고 왕이 된 소년이다. 그의 이야기를 모르는 문명인은 드물었다. 바르카의 이야기는 음유시인의 입을 타고 한때 문명세계를 떠돌았다.

사악한 숙부를 무찌르고 왕이 된 왕자의 이야기. 왕들 입장에서는 상당히 좋은 선전이었다. 왕들은 의도적으로 바르카의 이야기를 퍼트려서 장자상속의 정당성과 안정성을 내세우며 왕좌를 노리는 친족들을 억눌렀다.

'파헬.'

그런 이름으로 부르는 사람은 이제 없었다.

'한때는 가명이 더 익숙한 시절도 있었지.'

바르카는 조용히 눈을 떴다. 오랜만에 찾는 제국의 수도 하멜이 보였다. 한때는 동경했던 곳이기도 했다.

'지금은 음침한 마굴처럼 보이는군. 나를 잡아먹으려고 호시탐탐 노리는 것 같아.'

바르카가 웃었다. 앳된 선은 많이 굵어졌다. 어엿한 청년의 티가 났다.

어린 왕의 치세는 결코 순탄치만은 않았다. 내전 동안 힘을 비축한 귀족들이 왕의 권위를 위협했고, 바르카는 때론 그들의 요구를 들어주며 정치적 균형을 유지했다.

'누가 뭐래도 황제의 비호 덕분에 자리를 잡을 수 있었어.'

바르카는 얀키누스 황제에게 큰 빚을 졌다. 지금도 얀키누스의 호의로 포를카나는 상당한 특혜를 누리고 있었다.

바르카가 황성에 들어서자마자 이목이 모였다. 수군거리는 소리가 사방에서 들렸다.

"직접 왔군, 바르카 왕."

"역시 소문이 사실이었나……."

"서부의 약탈자와 연관이 있다지?"

아무리 속국이라지만 국왕이 직접 움직이는 일은 드물다. 그만큼 사안이 중하며 당사자끼리 만나야 한다는 뜻이다.

"조금만 기다려 주시죠, 바르카 왕."

궁사관이 공손히 말했다.

과거와는 신분이 달랐다. 망명하듯 도망 나온 왕자였을 때는 황제를 알현하기 위해 관심을 끌어야 했다. 하지만 지금 바르카는 황제에게도 중요한 인물이다.

바르카가 도착한다는 소식은 전령을 통해 이틀 전에 먼저 도달했다. 바르카가 도착했을 즈음에는 알현을 위한 준비가 모두 끝나 있었다.

삐걱.

바르카가 황궁의 문을 열었다. 황좌에 앉은 얀키누스가 보였다.

"바르카 바누 포를카나가 세상의 주인을……."

청어와 낚싯배가 그려진 망토를 펄럭인다. 바르카는 무릎을 꿇으며 예를 갖췄다.

"그런 건 집어치워. 우리 사이에 그럴 필요가 없지. 일어나게! 바르카 왕!"

얀키누스가 호탕하게 외쳤다. 그가 직접 황좌에서 일어나 바르카를 붙잡아 세웠다.

"오랜만입니다, 폐하."

바르카가 떨떠름하게 말했다. 그의 푸른 눈동자가 얀키누스를 한 번 살피고는 주변의 제국귀족들을 바라봤다.

'보여주기식이로군.'

포를카나와 제국의 관계는 여전히 공고하다는 걸 보여주는 것. 그게 얀키누스의 목적이었다.

'속국 하나가 제국과 틀어지면 다른 속국들도 하나둘씩 제국에게 등을 돌리겠지. 안 그래도 랑케가트 왕국을 지키지 못해 껄끄러운 상황이니까 말이야.'

바르카는 얀키누스의 옆자리에 앉아서 술잔을 받았다.

"어른이 다 되었군. 못 알아볼 뻔했어."

"시간이 제법 지났으니까요."

"삼 년 만인가?"

"그쯤 될 겁니다."

바르카가 웃었다. 포를카나의 왕가답게 외모가 두드러지는지라 그의 웃음은 굉장히 온화하고 부드러웠다. 멋모르는 무지몽매한 백성이 본다면 하늘에서 내려온 루의 사자라고 착각할 정도였다.

'하도 많이 웃어서 입가가 당길 정도니까.'

바르카는 억지웃음에 익숙했다. 웃음은 좋은 무기였다.

"대양탐사를 위한 배를 건조하고 있습니다. 두 척을 만들어 봤는데 폭풍을 이기지 못하고 금방 가라앉더군요."

"호오."

지금까지 문명세계는 연안을 오가는 배만 만들었다. 기껏해야 해안선을 따라 며칠 움직이는 게 전부였고, 섬들도 촘촘해 장거리 항해용 배를 만들 필요가 없었다.

오랫동안 선박건조기술이 제자리걸음이었으나, 포를카나와 제국은 국가사업으로 선박건조를 선택했고, 국가주도로 삼 년 사이에 선박건조기술은 비약적으로 발전했다.

"이번에는 북부인 선박기술자를 데려왔습니다. 전설에 따르면 북부인은 대양을 항해해서 동대륙을 찾았을 테니까요. 지금은 실전된 기술일지라도 흔적이 남아 있겠죠."

바르카는 동대륙 탐사를 위해 포를카나가 힘쓰고 있다는 걸 강조했다.

"빨리 성과를 내는 게 좋을 거야."

얀키누스가 술잔을 입에 대며 말했다. 악단이 나와서 연주를 하고 있지만 음악소리는 두 사람의 귀에 들어오지 않았다.

"서부의 약탈자로 골머리를 썩고 계신다는 이야기는 들었습니다."

"동쪽 해안왕국인 포를카나와는 상관없는 이야기지. 하지만 자네와는 상관이 있네, 바르카 왕."

"……유릭."

바르카가 중얼거렸다. 얀키누스도 조용히 웃었다.

"그래, 유릭."

"소문이 사실이었군요."

바르카의 머릿속에서는 온갖 생각이 오갔다.

'유릭, 결국에는 일을 저질렀군.'

얀키누스가 바르카의 표정을 관찰했다. 바르카는 여전히 웃고 있었다.

'정치인이 다 되었군, 바르카 왕자.'

바르카의 얼굴에는 당혹감이나 혼란이 전혀 드러나지 않았다.

"유릭이 산맥 너머 출신이라는 걸 알고 있었나?"

"아뇨, 그저 야만인 용병이라 생각했고 출신 따윈 관심이 없었습니다."

"루에 맹세코?"

"맹세코."

바르카는 면죄부를 사야겠다고 속으로 생각하며 대답했다.

얀키누스가 잠시 간격을 두며 다시 물었다.

"절친한 친우인 유릭이 자네에게 도움을 청하면 어찌할 건가?"

"대답은 뻔히 아시지 않습니까, 폐하."

"그냥 물어본 거네."

바르카와 얀키누스의 눈이 마주쳤다. 서로의 의중을 읽기 위해 떠보는 말이 오갔지만 소득은 없었다.

'내가 늑대를 못 알아보고 키웠군. 강아지가 아니라 늑대새끼였어.'

황제가 입술을 비틀었다. 왕이 된 바르카는 쉽게 속내를 드러내지 않았다.

답답한 건 바르카도 마찬가지였다. 황제가 무슨 생각을 하고 있는지는 알 도리가 없었다.

'이대로 황제가 나를 믿고 협력관계를 계속 유지할까? 아니면 속국에 대한 통제를 강화하기 위해…… 다른 수를 쓸까?'

서부의 약탈자가 오기 전까지는 제국과 포를카나는 밀접한 사이였다. 서로에 대한 배신을 걱정할 필요가 없었다.

지금은 상황이 달랐다. 서로를 믿기 힘들다.

'유릭, 내게 왕좌를 안겨주더니 또 다른 문제도 같이 주는군.'

바르카는 유릭을 원망하지 않았다.

'유릭도 자신의 민족을 지키기 위해 행동했을 뿐이다.'

유릭은 더 이상 다른 세계에서 온 이방인이 아니었다. 문명세계에서 많은 사람들과 만나고 연을 맺으면서 복잡한 세계의 일원이 되었다. 유릭의 행동 때문에 제국과 포를카나의 관계가 뒤틀릴 정도였다.

"동대륙 탐사는 단순히 폐하를 위한 것이 아닙니다. 제가 루에게 받은 사명이기도 합니다."

바르카가 말했다. 이 말이 얼마나 황제에게 먹힐지는 모른다.

"그나저나 누이를 만나고 가지 않겠나?"

바르카의 미소가 처음으로 굳었다.

'다미아 누님.'

항상 마음 한구석에 걸렸다. 황궁에 오는 걸 망설인 까닭도 이 때문이었다.

다미아는 얀키누스의 첩이 되었다. 일국의 공주로서는 굉장히 처참한 신세였다. 비도 아닌 첩이기에 그 사이에서 나온 아이는 제국의 상속권을 받지 못한다. 사람들은 아름다운 외모를 가진 다미아가 정략적 이유로 팔려온 거라며 수군거렸다.

더군다나 황제의 괴팍한 성벽은 귀족들 사이에서는 유명했다. 소문으로는 황제에게 죽은 여자도 있다는 말이 떠돌았다.

"아뇨, 누이는 저를 보고 싶어 하지 않을 겁니다."

"자네 누이는 대단한 여자지. 쉽게 부서지지 않더군."

순간 바르카는 울컥했다. 그의 주먹에 힘이 잔뜩 들어갔다.

'내 손으로 넘긴 거다. 누이는 대가를 치러야 하니까.'

바르카는 고개를 숙이곤 표정을 숨겼다.

"누이는 위험한 여자입니다. 이미 알고 계시겠지만요."

"남자였다면 자네보다 훌륭한 왕이 되었을지도 모르지."

굉장히 무례한 말이었지만 바르카는 화가 나지 않았다. 평생 듣고 자란 말이었다. 성별과 역할이 뒤바뀐 쌍둥이 남매. 총명한 누이와 우둔한 동생.

"그럴지도요."

바르카가 담담하게 과거를 곱씹었다.

얀키누스는 바르카의 어깨를 툭툭 치며 그의 귓가에 속삭였다.

"참고로 자네 누이는 더 이상 백야궁에 머물지 않네."

"첩은 백야궁에 머물지 않습니까?"

"모든 첩이 그러한 건 아니지."

바르카가 움찔했다. 불안감이 솟았다.

"그게 무슨 말입니까?"

"아이를 낳았네. 소식을 듣지 못했나? 누이와 정말 서신 하나 오가지 않는가 보군."

"……처음 듣는 소식입니다."

황실에서는 서자의 탄생을 축하하지 않는다. 서자는 그저 죽은 듯이 살아가는 존재다. 서자가 적자보다 두드러지기라도 했다간 목숨이 위험했고, 적자가 왕위에 오르면 이름이 알려진 서자들을 모조리 숙청하는 경우도 있었다.

시골귀족들은 적자와 서자가 형제지간으로 지내기도 했으나, 왕실과 황실 그리고 가진 게 많은 고위귀족가문에서는 적자와 서자의 구분이 엄격했다. 덕분에 기록조차 없는 서자들이 문명세계에 수두룩했다.

"누이는 어디서 지내고 있습니까? 생각해 보니 한번 찾아가는 게 도리인 것 같군요."

바르카가 어렵사리 말을 꺼냈다.

삐걱.

바르카는 별실의 문을 열었다. 문을 열자 꽃향기가 났다. 입구 좌우에는 화병들이 놓여 있었다.

별실 안에는 금발벽안의 미녀가 있었다. 포를카나 왕가의 특성을 그대로 지닌 진정한 혈통의 후계자, 포를카나의 딸 다미아.

다미아는 흔들의자에 앉은 채로 사내아이를 보고 있었다. 목각장난감으로 장난을 치는 사내아이였다. 걸음마를 뗀 사내아이는 문이 열리는 소리를 듣고 뒤로 돌아봤다.

"오랜만입니다, 누님."

바르카가 들어서며 말했다. 그 뒤에는 포를카나의 기사 두 명이 호위역할로 서 있었다.

"……하멜에 왔다는 소식은 들었습니다."

다미아가 공손히 치맛자락의 양끝을 잡으며 일어섰다. 그녀가 허리와 목을 살짝 숙이며 인사를 했다.

"전처럼 편하게 말씀하시지요, 누님."

"어찌 왕께 그럴 수 있겠습니까."

"누님의 왕은 얀키누스 폐하이고, 저는 타국의 왕이니까요."

바르카가 선을 그으며 말했다.

다미아가 인상을 찌푸렸다. 그녀는 바르카에게 앉으라고 권하지도 않았다.

"날 제국에 팔아넘기고도 잠이 잘 오더냐?"

"워낙 피곤한 하루하루였는지라 잠은 잘 잤습니다. 오히려 잠을 잘 시간이 없어서 힘들었죠."

바르카가 옅게 웃으며 허락도 없이 의자에 앉았다.

"사내가 다 되었구나, 바르카."

"원래 사내였습니다. 늦게나마 순산을 축하드립니다. 사내아이로군요."

"순산은 아니었어. 워낙 저 녀석의 덩치가 커서…… 자칫하면 내 배를 갈라야 할 뻔했다."

바르카가 사내아이를 쳐다봤다. 다미아의 말대로 골격이 벌써부터 튼실한 아이였다. 커서는 기골이 장대한 사내가 될 것 같았다.

"제 조카로군요."

"저 아이가 크면 네 목을 치겠지."

"농담이 살벌하시네요, 누님. 조카의 피를 제 손에 묻히게 할 셈입니까? 숙부와 누이만으로도 충분합니다."

"날 동정해 살려둔 걸 후회할 거다, 바르카."

다미아의 말에는 하나하나 가시가 있었다. 무례한 말들이었지만 바르카는 눈썹 하나도 꿈틀하지 않았다. 그저 웃음으로 답했다.

"누님을 동정해서 살려둔 게 아닙니다. 죽는 것보다 이편이 더 고통스러울 거라 생각했기 때문이죠. 제 생각과 달리 행복하셨나요? 황제의 노리개가 되어 살아가는 삶이……."

찰싹!

다미아가 벌떡 일어나더니 바르카의 뺨을 때렸다.

붉은 뺨을 매만지던 바르카가 손을 들어 호위기사들을 제지했다.

"뭐, 친목을 도모하려고 여기까지 온 건 아닙니다. 그저 조카 얼굴이나 보고 가려고 왔죠."

바르카가 일어서더니 사내아이를 안아 들었다. 꽤나 묵직했다.

'포를카나의 혈통이 두드러지진 않는군. 눈동자는 청록색……. 노란빛이 도는 갈색 머리카락.'

바르카가 사내아이의 얼굴을 유심히 바라봤다. 갑자기 바르카의 표정이 굳었다.

"이 아이의 이름은 뭡니까?"

"……아명은 살론이다. 이름은 아직 얻지 못했지."

바르카가 떨떠름하게 사내아이를 내려다놓았다. 아이는 뭐가 좋은지 방긋방긋 웃으며 바르카의 뺨을 잡아당겼다.

'얀키누스가 모를 리가 없다.'

바르카의 심장이 두근거렸다.

"이 아이의 아비는 누구입니까?"

"당연히 황제폐하가 아니겠더냐."

다미아가 무덤덤하게 말했다. 바르카는 인상을 찌푸렸다.

"그런 씨알도 먹히지 않는 거짓말을……."

"……유릭."

그 말을 들은 바르카가 비틀거렸다. 아이의 얼굴이 낯익다 싶었다. 그 이름이 목구멍을 계속 간지럽혔다.

"도대체…… 유릭의 아이를 왜 누님이?"

"황제의 여흥이었지. 네 말대로 난 노리개에 불과했으니까. 사랑과 정성으로 황제가 나를 보살필 거라 생각했나? 내가 고통받길 원한 건 너였다, 바르카."

"누이가 저지른 짓을 생각하면 이것도 싸게 치른 겁니다!"

바르카가 발작하듯 외쳤다. 그가 사내아이를 다시 바라봤다. 어디선가 많이 본 이목구비였다.

'유릭.'

유릭을 닮아 있었다. 단순히 이목구비만 닮은 게 아니라 아이치고는 덩치가 컸다. 그의 혈통이라면 이상하지 않은 덩치였다.

'도대체 언제 유릭이 다시 하멜에 온 거지? 무슨 짓을 하고 다닌 거야?'

바르카는 그간 유릭의 행적에 대해 모른다. 그는 더 이상 이 방에 머물 자신이 없었다. 혼자서 생각을 정리하고 싶었다.

"살론, 네 삼촌이 이제 가는구나. 인사해야지."

다미아가 아이를 안으며 말했다. 천의 얼굴을 가진 듯이 아이를 보는 어미의 눈동자는 다정하기 그지없었다.

"유릭이 군대를 이끌고 나타났다는 소식은 들으셨습니까?"

바르카가 문 앞에 서며 말했다.

"귀가 막히지 않은 이상에야 모를 수가 없지."

바르카와 다미아는 서로의 눈을 바라봤다. 바르카가 고개만 살짝 숙이며 문을 닫고 나가려고 했다.

조용히 바르카의 등을 쳐다보던 다미아가 문이 완전히 닫히기 전에 입을 열었다.

"바르카."

바르카가 닫히는 문 사이로 다미아를 쳐다봤다.

"……황제를 조심해라."

다미아가 서글픈 눈동자로 말했다.

쿵.

문이 닫혔다.

Chapter 5

유릭 일행은 제국을 배신한 태양전사들과 함께 북쪽으로
올라갔다. 늦가을부터 눈이 쌓여 있었고, 밭조차 일구지 못할
정도로 험난한 혹한의 땅이었다. 그곳에 북부인의 주둔지가
있었다.

주둔지에는 무두질 중인 나무판이 사방에 널려 있었다. 활
을 들고 오가는 사내들의 발걸음과 사냥감을 해체하는 손길이
분주했다. 군대라기보다는 사냥꾼 야영지 같은 풍경이었다.

"어째서 우리를 믿지 못하고 암습을 한 거요!"

태양전사들이 북부인 주둔지에 오자마자 말싸움이 일었다.
라게릭은 수염을 험하게 기른 북부인들을 향해 소리를 질렀
다. 통가죽 갑옷으로 무장한 북부인들이 인상을 찌푸렸다.

"그럼 이대로 제국군이 우리의 땅과 마을을 짓밟는 걸 구경이라도 하라는 거요? 그 잘난 태양전사들이 뭘 했단 말이오!"

"우리에게 맡겼어야지! 당신들이 암습을 할 탓에 애꿎은 태양전사들만 죽었소! 북부인에 대한 반감만 더 심해졌지! 암습을 해서 결국 성과를 내기라도 했소?"

"제국의 개가 말이 많군!"

"제국의 개? 말이 심하오! 우린 북부인의 왕국을 위해 부귀영화조차 포기하고 여기까지 왔소!"

"누가 포기해 달라고 부탁이라도 했소?"

라게릭의 얼굴이 붉게 변했다. 그는 당장에라도 칼을 뽑고 싶은 심정이었다. 태양전사의 희생을 무시하는 북부인들을 목을 전부 베어버리고 싶었다.

라게릭과 같은 태양전사는 북부인의 왕국이라는 명목하에 모든 걸 내던지고 왔다.

'안 돼, 여기서 칼을 뽑으면 안 돼.'

라게릭도 속으로는 알고 있었다. 북부인들이 오랫동안 제국에게 무시당한 건 미요른 이후로 그들을 이끌 지도자가 없었기 때문이다. 북부인은 하나로 뭉치지 못했다. 이런 사소한 분쟁 때문에 하나로 뭉쳐도 부족한 힘이 분산되곤 했었다.

"아가리 다물어, 새끼야. 너 때문에 나도 죽을 뻔했다고."

유릭이 갑자기 앞으로 튀어나오더니 말을 함부로 지껄인 북부인의 멱살을 잡고 내던졌다.

"너는 또 뭐야!"

넘어진 북부인이 자신의 부하를 불러서 유럭을 가리켰다.

"형씨, 누군지 몰라도 이렇게 끼어들면 안 되지."

주먹으로 손뼉을 때리는 거한들이 유럭에게 달려들었다.

퍽.

부러진 이가 설원에 떨어졌다.

콰직.

팔이 부러지는 소리가 났다.

뚜둑.

손가락이 뒤로 꺾이는 소리.

달려든 거한 세 명은 땅바닥에 드러누워서 골골거렸다. 유럭은 바닥에 침을 뱉으며 쓰러진 거한들을 걷어찼다.

"끄으으으."

쓰러진 거한이 허리 뒤를 더듬어서 도끼를 뽑으려고 했다. 유럭이 인상을 찌푸리며 경고했다.

"날붙이를 뽑으면 우리 둘 중에 하나는 죽어. 그냥 넘어가진 않을 거야."

유럭의 목소리가 거한의 귀를 파고들었다. 단순한 협박이 아니라 사실을 말하고 있었다.

"다, 당신은 누구요?"

그 대답은 라게릭이 대신했다.

"서부의 약탈자 유릭이오."

그 말에 북부인들이 술렁거렸다. 서부의 약탈자를 모르는 사람은 없었다. 북부인들이 들고 일어선 것도 서부의 약탈자들이 제국군을 상대로 대등하게 싸웠다는 소문 때문이었다.

"정말로? 그 서부의 약탈자요?"

"맙소사, 이렇게 빨리 만날 줄이야."

수염을 기른 북부인들이 다가왔다. 북부에서 영향력 있는 씨족집단의 장들이었다. 태양교로 개종했다는 게 거짓은 아닌지 태양 목걸이나 장신구들이 드문드문 보였다. 실제로도 주둔지 중앙에는 목재를 깎아 만든 태양성물이 꽂힌 장대가 있었다.

'문명세계에서는 여러 금속으로 만드는 태양성물인데, 북부에서는 목재로 만드는군.'

유릭이 물끄러미 주둔지 중앙의 태양성물을 바라봤다.

북부에는 가구나 배 같은 목재가공이 발달해 있다. 그에 맞게 태양성물도 목재로 깎아 만들었다.

라게릭이 유릭의 신원을 보증했다. 적대적이던 북부인들도 상당한 호의로 유릭을 바라봤다. 서부의 약탈자 덕분에 북부인의 왕국을 세울 기회를 얻었다. 그들 입장에서는 벌써부터 동맹군이나 마찬가지였다.

"나, 나, 저자를 알아!"

유릭을 유심히 보던 북부인 전사가 화들짝 놀라며 외쳤다.

"뮬린에서 봤어! 봤다고!"

"뭐? 서부에서 온 사람을 어떻게 뮬린에서 봤다는 거야?"

"거인 요르칸을 죽인 자! 그 유릭이다!"

그 말에 뮬린에 머문 적이 있던 북부인들이 몰려들었다.

"어, 정말이잖아."

"스벤의 아들, 유릭?"

"스벤의 아들이 왜 서부 사람이라는 거야?"

북부인들은 혼란에 빠졌다. 그들이 알고 있던 유릭은 문명
세계에서 자란 북부인이었다. 그들은 유릭을 스벤의 아들이라
불렀다.

"사실은 스벤의 아들이 아니고, 뭐, 대부 같은 느낌이었지.
그런데 뮬린에 있을 정도면 독실한 울가로의 신자가 아니야?
왜 여기에 있는 거야?"

유릭이 멋쩍게 웃으며 말했다.

"우린 울가로보다 강한 신을 믿기로 했어. 울가로도 이해하
겠지."

신앙의 논리가 단순한 전사들이 그리 말하며 낄낄 웃었다.
울가로가 있을 곳은 북부에 없었다.

"같은 신을 믿는다면 우리가 제국 놈들에게 질 리가 없어.

뭐, 켕기는 게 있으면 나중에 이기고 나서 다시 울가로로 개종
하면 되잖아."

"큭큭, 태양전사들 앞에서 그 소리를 했다간 목이 달아날
걸. 조심하라고."

유릭을 아는 자들은 굉장히 그를 반겼다. 유릭은 울가로 앞
에서 스스로를 증명한 전사였다.

북부인들은 루로 개종했으나 전사문화까진 변하지 않았다.
신의 가호를 받는 전사를 싫어하는 북부인은 없었다.

"서부의 약탈자들이 제국군과 맞서 싸웠다는 소식은 들었
소. 명예로운 전사와 만나 영광이오!"

어느새 연회자리가 준비되었다. 유릭은 북부인 군대를 이끄
는 여러 씨족장들과 얼굴을 익혔다. 태양전사들도 연회에 참
가했고, 그중에서는 아직 기력을 회복하지 못한 하발드도 있
었다.

"서부와 북부가 손을 잡는다면 제국이고 뭐고 두려울 게 없
소이다!"

"그렇지!"

"크하하핫!"

벌써부터 이긴 듯이 들떠 하는 북부인도 있었다.

"그러면 좋겠지만, 다음에 또 부딪치면 이번엔 우리가 질 거
야. 제국군은 신중하게 다음 군대를 보내겠지. 뭐로 보나 불리

한 건 이쪽이야."

유릭이 냉정하게 현실을 말했다. 씨족장들은 나약한 소리를 하는 유릭을 노려봤으나, 제국군의 기량을 누구보다 잘 아는 태양전사들은 고개를 끄덕였다.

사내들은 앞으로 있을 전투에 대해 이야기를 했다. 태양전사들은 제국군 내부의 정보를 꺼냈으며, 씨족장들은 자신들이 모을 수 있는 전사의 숫자에 대해 떠들어 댔다.

"북부인의 왕국을 세우는 게 목적이라고 들었어. 그럼 왕은 누가 되는 거지?"

유릭이 냉철하게 씨족장들 간의 관계를 파악하곤 입을 열었다.

'다들 대등하다. 나와 사미칸처럼 확실하게 위에 있는 족장은 없어.'

유릭이 보는 북부인 군대의 문제점이었다. 구심점이 될 만한 1인자가 없었다. 사미칸과 유릭이 없이는 서부의 연맹도 없듯이, 북부인에게도 구심점이 될 만한 존재가 필요했다.

눈치를 살피던 씨족장들이 슬그머니 입을 열었다.

"사실은 미요른의 혈통을 끊이지 않았소. 얼마 전에 알아낸 일이지."

"북부의 용자 미요른? 나도 알아. 충분히 의미가 있는 혈통이로군."

미요른은 북부의 영웅이었다. 그 혈통이 있다면 왕좌에 앉기에 충분했다.

그러나 씨족장은 물론이고 태양전사들도 떨떠름한 표정을 지었다.

"미요른의 손자는 울가로를 믿는 전사들의 보호를 받고 있소. 아주 독실한 전사들인지라 우리와 손을 잡지 않았지. 오히려 만나면 배교자라며 칼을 겨누는 사이요."

북부에는 두 종교가 섞여 있다.

까마득한 과거부터 북부를 지탱해 온 울가로 신앙과 제국을 타고 넘어온 태양교. 서로 다른 종교를 믿는 전사와 기사들은 칼을 들었고, 승리한 건 태양의 기사들이었다.

'전사를 보살피는 신이 전쟁에서 패했다.'

마지막 보루였던 성지 뮬린까지 제국의 손에 넘어갔다. 울가로는 밀어닥치는 태양의 물결을 막지 못했고, 북부인들은 너도 나도 할 것 없이 개종을 선언했다. 그들은 더 강한 신을 원했고, 생존을 위해서라도 루를 믿어야 했다.

제국의 점령치하는 북부에게도 마냥 손해는 아니었다. 제국군의 보호 아래에 상인들이 오갔다. 북부인은 모피와 목재를 팔아서 부족한 식량과 생필품을 얻었다. 북부인은 더 이상 야만인이 아니었고, 그들도 문명세계의 일원이라는 자각을 했다.

"더 이상 제국군의 착취를 당할 순 없소. 우리는 터무니없이 싼 가격에 모피와 목재를 팔고 있소!"

누군가 그렇게 말했다. 그리고 많은 북부인은 고개를 끄덕이며 불합리한 처우에 대한 불만을 가졌다. 조건은 이미 충분했으며 봉기의 불을 붙이느냐가 문제였다.

북부인은 서부의 약탈자들을 본 적도 없었지만 깊은 동질감을 느꼈다. 제국과 맞선다는 점에서 유일무이한 동지였다.

이런 격동의 시기에 북부인 사이에서 한 소문이 퍼졌다.

모든 북부전사의 칭송을 받는 미요른. 그의 혈통이 살아 있다는 것. 그게 사실이라면 북부인이 집결할 명분이 된다. 많은 북부인이 미요른의 후손을 만나기 위해 찾아왔다.

소문을 퍼트린 것은 울가로 원리주의자들이었다. 그들은 자신들이야말로 오염되지 않은 진정한 북부인이라 자부했다.

"울가로를 등지고도 무사할 줄 아나? 멍청한 놈들."

"'루께서 북부인의 왕국을 내려주실 것이다!'라고 마음대로 떠들더군."

원리주의자들은 개종한 북부인들을 혐오했다. 태양교 자체를 용납하지 않는 자들이다.

울가로 원리주의자들은 북부인 중에서도 소수였지만, 문제는 이들이 무척이나 뛰어난 전사들이라는 점이다. 대부분 수많은 전장을 헤쳐 나온 역전의 용사들이었고, 그들은 성지 뮬린이 점령당할 때도 싸워서 살아남았었다.

"검의 언덕에 올라간 선조들이 우리를 비웃겠군."

"도대체 태양의 윤회 속에서 전사의 영광이 어디에 있단 말인가?"

원리주의자들은 자신들을 울가로의 진정한 전사라고 불렀다. 그들은 북부의 지지를 얻기 위해 미요른의 혈통을 찾아다녔다.

'미요른의 손자 빌케르!'

전사들은 마침내 영웅의 후손을 찾아냈다. 미요른의 씨족을 추적해 외손자 빌케르를 찾아내는 데 성공한 것이다. 그들은 바로 파발을 띄워 북부 전역에 그 소식을 알렸다.

으적, 으적.

용자의 후예는 전사들의 보호를 받으며 돼지고기를 뜯고 있었다.

"빌케르 님을 똑바로 모셔라, 크리카."

늙수레한 전사가 집 안을 힐끗 보며 말했다.

집 안에는 북부인 소년 두 명이 있었다. 한 명은 미요른의 외손자 빌케르, 다른 하나는 그의 호위인 크리카였다.

크리카는 또래라는 이유로 미요른의 호위를 맡았다.

'저 돼지가 미요른의 후손이라니, 세상 사람들이 얼마나 놀랠까.'

크리카는 속으로 중얼거렸다.

"히히, 크리카, 너도 먹을래?"

빌케르가 새끼돼지 뒷다리구이를 들어 올리며 말했다.

"아니요, 됐습니다. 배가 부르면 감이 둔해져서요."

"그래도 난 배부른 게 좋더라."

빌케르가 물을 벌컥벌컥 마시며 입안을 씻어내더니 고기를 탐했다. 그의 몸뚱이는 좋게 포장해도 통통한 체구였다. 사실은 무척이나 뚱뚱했다.

'반년 전만 해도 비쩍 말랐었는데, 어찌나 처먹는지……. 벌써 돼지가 다 되었군.'

빌케르는 아무리 먹어도 만족하지 못했다. 오랫동안 떠돌며 제대로 먹지 못했는지 식탐이 과했다.

'칼도 제대로 쓸 줄 모르지. 아비를 일찍 여의어서 어머니 손에 컸으니까.'

크리카는 고개를 절레절레 저었다.

전사들에게는 빌케르의 본질 따위 아무래도 좋았다. 미요른의 후손이라는 것만으로도 많은 북부인들이 지원을 아끼지 않았다.

"아, 배부르다."

빌케르가 모피침대 위로 누우며 말했다.

'당연히 배부르겠지. 뒷다리구이를 혼자서 싹싹 발라먹었는데.'

크리카가 식탁을 바라보다가 시녀를 불러서 치우게 했다.

"크리카!"

바깥에서 나이 많은 전사가 크리카를 불렀다. 전사들이 삼삼오오 모여 수군거리고 있었다.

"무슨 일입니까?"

"빌케르 님을 모시고 와라. 손님이 왔다."

"손님요?"

"그래, 너 뮬린의 거인 요르칸은 아냐?"

"아, 예. 이름은 들었습니다. 그런데 죽었잖아요. 죽은 사람이 무덤에서 벌떡 일어나기라도 했습니까?"

"아니, 그 거인을 죽인 사내가 왔다, 빌케르 님을 보고 싶다고 하는군."

크리카가 고개를 끄덕이곤 집 안으로 다시 들어갔다. 그는 자고 있는 빌케르를 흔들어서 깨웠다.

"일어나십쇼. 손님이 왔습니다."

"어, 어어. 그래?"

빌케르가 입가에 묻은 침을 닦으며 일어섰다. 크리카는 갑옷을 꺼내서 빌케르를 갑옷 안에 구겨 넣다시피 했다. 사슬갑옷을 입히고 어찌어찌 투구까지 씌워서 그럴싸하게 꾸몄다.

"누가 찾아왔다는데?"

"이름은 모르겠고, 거인 요르칸을 죽인 사내랍니다."

"무, 무서운 사람 아니야?"

"그렇겠죠. 듣기론 울가로의 가호를 겨루는 자리에서 요르칸을 죽인 사내라고 합니다. 울가로가 총애하는 전사겠죠."

크리카가 담담히 중얼거렸다. 그는 요즘 북부인 소년답지 않게 정통적인 북부전사의 길을 걸어가는 부류였다.

철컥, 철컥.

빌케르가 익숙지 않은 갑옷을 입고는 응접실로 향했다. 유릭과 그의 수행원들이 응접실에 앉아 있었다.

"크, 크리카. 저 얼굴과 팔 좀 봐. 흉터에 화상에……."

유릭을 발견한 빌케르가 크리카에게 속삭였다.

"거, 차분하게 행동하십쇼."

크리카가 짜증스레 빌케르의 등을 살짝 밀었다. 빌케르가 애써 담담하게 응접실에 앉았다.

"유릭이다."

유릭이 일어서며 말했다. 빌케르를 대신해 크리카가 대답했다.

"이분은 미요른의 마지막 혈통 빌케르 님입니다. 북부의 전사라면 예를 갖추시죠."

유릭은 머리를 긁적였다.

"난 대등한 입장으로 온 거지, 신하로 온 게 아니야."

유릭의 말에 주변에 있는 북부전사들이 발끈했다.

"제대로 행동하시오, 유릭. 그 목이 멀쩡히 붙어 있고 싶으면!"

유릭이 손가락을 튕겼다. 그를 따르는 서부의 전사들이 두건을 벗으며 얼굴을 드러냈다.

"나는 서부의 유릭이다. 바위도끼 부족의 장이며, 너희들이 약탈자라고 부르는 군대를 이끌고 있지."

유릭이 순순히 자신의 출신을 밝혔다. 웅성거리는 소리가 커졌다.

"증명할 방법은?"

"궁금하면 당장 제국이 점령하고 있는 도시에 가 봐. 내 이름이 수배에 걸려 있을 거다."

뜻밖의 상황에 북부전사들이 당황했다.

'저 말이 사실이라면 생각보다 더 거물이 찾아온 거다.'

서부의 약탈자는 언젠가 동맹을 맺을 상대였다. 지금 같은 시기에 먼저 찾아온 건 희소식이었다.

"잠시 기다려주시오, 유릭."

북부전사들이 빌케르와 함께 자리를 비웠다.

유릭은 북부전사들이 떠난 자리에 덩그러니 남아서 하품을 했다. 그는 뒤에 앉아 있는 게오르크에게 말을 걸었다.

"게오르크, 어떻게 생각해? 빌케르라는 녀석."

"전설적인 영웅의 후예치고는 너무 평범한데요?"

"하하, 나도 그렇게 생각해."

게오르크의 눈으로도 빌케르가 전사가 아니라는 게 보였다. 전사는커녕 오히려 유약한 편이었다.

"스벤의, 아들 유릭이라는 건 거짓이었군. 울가로 앞에서 잘도 거짓을 고했어!"

얼굴에 문신을 떡칠한 북부사제가 갑자기 난입하더니 외쳤다. 전사들은 그런 사제를 붙잡고 바깥으로 내보냈다.

"애초에 처음부터 북부인이 아니었던 자요. 이제 와서 별로 중요하진 않지만 말이오."

"오히려 외부인이 울가로 앞에서 전사인 걸 증명했으니 더 명분이 서지."

북부의 전사들은 유릭에 대한 대우를 어찌할지 토론했다. 그들 사이에 끼인 빌케르는 아무런 발언권이 없었다.

"서부의 약탈자라는 말은 사실인 것 같소. 도시에 다녀온 전사들이 유릭이라는 이름을 제국군이 찾는다는 걸 들었다고 하는군. 검문이 평소보다 엄해진 것도 그 때문이라고 하오. 유릭 뒤에 있는 전사들도 생소한 분위기요. 쓰는 말도 난생 처음 듣는 말들이고."

"서부의 약탈자라면 우리와 동맹을 맺으러 온 건가?"

"미요른의 명성이 먹혀들어 간 것이지. 배교자 집단과 접촉하지 않고 우리에게 온 걸 보면 말이오. 이게 다 빌케르 님 덕분입니다."

전사들이 의무적으로 빌케르를 떠받들었다. 빌케르는 불편한 얼굴로 고개를 끄덕였다. 전사들의 눈동자에는 비웃음이 실려 있었다.

울가로의 가르침에는 약자를 보호한다는 말 따윈 없다. 전사로서 제몫을 못 하는 빌케르는 반쪽짜리 인간이었다. 전사가 되어 가족을 지키는 것. 그게 북부에서 살아가는 사내들의 의무였다.

크리카는 힐끗 빌케르를 바라봤다.

'빌케르가 제대로 무시당하는군, 자업자득이지. 평소에 훈련도 하지 않으니까 말이야.'

크리카는 빌케르를 동정하지 않았다. 그도 스스로 사내라고 자부했다. 전사의 몫을 하지 못하는 빌케르가 고깝게 보였다.

'그저 배불리 먹여만 주면 이런 모욕도 참는 건가? 정말로 돼지나 다름없군, 빌케르.'

모욕을 당했으면 무기를 뽑아 결투를 벌여야 사내다운 것이다. 모욕을 그냥 넘기는 사회라면 누구나 서로를 모욕할 터다. 모욕을 하면 죽는다는 걸 알아야지 예의를 지킨다. 그게 북부 전사의 사회였고 율법이다.

"연회를 열어 대접합시다."

전사들의 의견이 모였다. 그들은 유릭을 귀한 손님으로 대접했다.

유릭은 대우가 바뀐 걸 느끼며 눈을 흘겼다.

빌케르 주둔지의 전사들은 약 천여 명에 달했다. 본격적인 전쟁이 시작된다면 적어도 수천은 더 모일 터다.

'반농사회인 북부는 서부보다 인구가 더 많아. 제국과 싸우려면 북부의 협력은 필수다.'

북부에서도 남쪽에 속하는 지방은 짧은 여름 동안은 농경이 가능한 땅이었다. 반농사회였기에 북부경계선의 주민들은 태양교를 빨리 받아들인 편이었다.

유릭은 옅게 눈을 떴다. 그는 이번 전쟁을 어중간하게 끝낼 생각이 없었다. 황제 얀키누스도 한번 시작하면 끝을 보는 사내다.

"미요른의 이야기라면 나도 수없이 들었지. 그 후손을 만나서 영광이로군."

유릭은 연회장에서 빌케르의 맞은편에 앉았다. 빌케르 옆에는 호위를 맡은 크리카가 창을 들고는 서 있었다.

"저, 저도 영광입니다. 거, 거인 요르칸와 싸워 이겼다고 들었습니다."

빌케르가 말을 더듬었다. 같이 있기만 했는데도 유릭의 기세에 짓눌렸다.

'진짜 영웅이라는 건 이런 사람을 말하는 거겠지.'

빌케르는 주눅이 들었다.

비범함이 유릭의 말과 행동에서 묻어 나왔다. 말투는 거칠었으나 호방했고, 사내다움을 증명하는 흉터들이 온몸에 빼곡했다. 어딜 가도 존경을 받을 전사였다.

'저 사내는 보통 사람이 아니다.'

호위를 맡은 크리카도 유릭을 잔뜩 경계했다. 긴장의 끈을 놓지 않았다.

"사실 뮬린에 있는 용의 유해가 정말 보고 싶어서 스벤의 아들이라고 신분을 속이고 들어갔지."

유릭이 자신에 대한 이야기를 풀어냈다. 일부 사제들은 신분을 속이고 뮬린에 숨어들어 온 유릭에게 화를 냈지만 전사들에게는 사소한 문제였다.

"울가로께서 유릭을 인정하셨지. 만약 울가로가 노했다면 거인 요르칸에게 죽었을 거요. 울가로는 훌륭한 전사를 총애하시지!"

나이 많은 전사들이 술잔을 높이 들었다.

"언젠가는 다시 뮬린을 되찾을 거요! 우리의 성지를 위해! 건배합시다!"

"건배!"

"울가로에게 피의 영광을!"

유릭도 같이 외치며 술을 마셨다. 북부전사들은 유릭의 종교에 대해 관심이 없었다.

'울가로는 민족종교다. 스벤도 그러했지만 이들은 울가로를 배신한 북부인을 증오해. 동포만 아니라면 울가로를 믿든 말든 그리 신경 쓰지 않아.'

술기운이 오른 유릭이 빌케르를 쳐다봤다. 빌케르는 음식만 잔뜩 먹으며 술에는 입도 대지 않았다.

"한잔해. 빌케르, 내가 주는 거라고."

유릭이 빌케르의 잔에 술을 따랐고, 빌케르는 거절하지 못했다. 못하는 술을 마신 빌케르의 얼굴이 붉었다.

"자, 자. 신나게 마시자고. 앞으로 북부의 왕이 될 사내잖아!"

유릭이 그리 말하자, 북부전사들이 더욱 흥분했다.

"북부의 왕!"

"미요른의 혈통!"

북부전사들은 빌케르에게 유릭의 잔을 받으라고 종용했다. 빌케르는 차마 유릭의 잔을 거부하지 못했다.

빌케르가 화장실을 가려 일어서다가 술기운에 비틀거렸다.

"어이쿠, 많이 취했나 보군! 우리 빌케르 동생! 이봐! 빌케르의 처소는 어디지? 내 직접 동생을 업어서 데려가야겠군!"

유릭이 묵직한 빌케르를 업고는 크리카에게 물었다. 술에 입도 대지 않은 크리카가 조용히 고개를 끄덕였다.

"안내하겠습니다."

북부전사들은 유릭과 빌케르가 친해진 걸 보고 안심했다. 빌케르를 이용해 약탈자들과 동맹을 맺으면 앞으로 큰 힘이 될 터였다.

빌케르와 유릭이 자리를 뜨자 연회도 금방 끝났다. 게오르크와 서부전사들도 마을 바깥에 따로 야영지를 꾸렸다.

"우웨에엑!"

빌케르는 자신의 집으로 돌아가기도 전에 엎드려서 구토를 해댔다. 유릭은 빌케르의 등을 툭툭 두드리며 웃었다.

크리카는 구토하는 빌케르를 보며 인상을 찌푸렸다.

'먹지도 못하는 술을 저리도…… 처먹긴 더럽게 많이 먹었네.'

빌케르가 구토한 자리에 쥐들이 몰려왔다. 크리카는 창대를 저어서 쥐들을 쫓아냈다.

"오오, 역시 북부에서 보는 밤하늘은 멋지군. 가슴까지 탁 트이는 기분이야."

유릭이 팔을 벌리며 말했다. 크리카는 대꾸도 없이 가만히 빌케르가 몸을 추스르길 기다렸다.

"으으으으."

빌케르는 머리가 울려서 움직이지 못했다.

유릭이 크리카를 보며 턱짓을 했다.

"크리카라고 했나? 물이라도 한잔 떠 오지그래."

"전 호위이지, 하인이 아닙니다."

"그게 그거고, 좋은 게 좋은 거지. 안 그래?"

유릭이 어깨를 으쓱했다. 크리카는 한숨을 쉬며 물을 얻으러 근처 집으로 들어갔다.

"여기 물……?"

집 안에서 나오던 크리카가 눈을 동그랗게 떴다. 유릭과 빌케르가 보이지 않았다. 고작해야 숨 한 번 돌릴 시간이었다.

"빌어먹을! 벌써 저기까지!"

크리카가 눈을 동그랗게 떴다. 빌케르를 둘러멘 유릭이 나무성벽을 넘고 있었다.

'저 돼지를 들고 어떻게 저렇게 빨리 움직이는 거야!'

유릭은 한쪽 어깨로 빌케르를 메고 펄쩍펄쩍 뛰어다녔다. 크리카는 창을 들고 전력으로 달리며 유릭을 쫓았다.

'왜 빌케르를 납치하는 거지?'

상황이 이해되지 않았지만 크리카는 일단 유릭을 쫓아 뛰었다.

"후욱."

유릭은 숨을 크게 들이마시곤 나무성벽에서 뛰어내렸다. 쿠웅! 하면서 먼지가 크게 일었다. 그의 어깨에 매달린 빌케르가 구토를 하다가 목이 막혀 쿨럭거렸다.

"웩, 컥. 카악."

빌케르는 정신이 없었다. 몸이 쉬지 않고 들썩이며 주변 풍경이 변했다.

'죽을 것 같아.'

유릭이 움직일 때마다 그의 어깨가 빌케르의 배와 가슴을 찔러댔다. 멀쩡해도 구역질이 나올 지경인데 술기운이 올라 더했다.

"벌써 따라붙었군, 빠른걸?"

유릭은 바짝 쫓아오는 크리카를 바라봤다.

"빌케르 님을 지금이라도 놓으면 그냥 보내주겠다!"

크리카가 소리를 질렀다. 지원을 요청할 시간도 없이 혼자 뛰어왔다.

'거인 요르칸을 죽인 사내니 만만하지 않겠지. 하지만 오늘 여기서 목숨을 건다.'

크리카가 창을 굳게 쥐었다.

"뭐, 널 혼내주고 가는 게 속 편하겠지."

유릭이 빌케르를 내던지며 두 팔을 벌렸다.

'무기를 안 뽑아?'

크리카는 맨손인 유릭을 보며 어금니를 꽉 깨물었다. 속이 부글부글 끓어올랐다. 자신은 목숨을 걸고 싸우려고 하는데 상대는 맨손으로 나섰다.

"무기를 뽑아라, 유릭."

크리카가 경고하듯 창을 늘어뜨렸다.

"내가 날붙이를 뽑으면 넌 죽어."

"나는 전사다."

크리카는 유릭을 먼저 공격하지 않았다. 그는 유릭이 무기를 뽑을 때까지 기다렸다.

유릭이 고개를 기울이며 크리카를 쳐다봤다.

"그래, 내가 실수했군. 목숨을 걸고 겨루고 싶다면 응해주는 게 맞지."

키이이잉.

유릭이 강철검을 뽑았다. 칼집을 타고 검명이 찌릿하게 울렸다. 쇠의 냉기가 소리로 느껴질 정도였다.

샛노란 눈동자가 크리카를 응시했다. 크리카는 순간 맹수를 만난 듯한 느낌이 들었다. 몸이 굳어서 손가락의 움직임이 둔했다.

'아차!'

정신을 차렸을 때는 유릭의 칼이 크리카의 머리를 쪼갤 듯이 내려오고 있었다. 크리카는 본능적으로 뒤로 물러나며 창을 앞으로 찔렀다. 잘 훈련된 동작이었다.

획.

크리카의 창날이 유릭의 머리카락을 스쳤다. 유릭이 씨익 웃으며 한 발자국 더 뻗었다. 과감하게 안으로 들어가는 판단을 했다.

'제법이야, 전투기술이 몸에 박혀 있어. 방금 공격을 맞지 않고 반격까지 하다니!'

유릭이 흐뭇하게 웃었다.

크리카는 잘 훈련된 어린 전사였다. 고작해야 열다섯? 열여섯? 소년과 청년의 경계에 서 있는 전사였다. 무궁무진한 가능성이 있는 나이다.

'하지만 멀었어.'

유릭이 칼을 앞으로 던졌다. 도끼가 아닌 칼을 던질 줄은 크리카로선 예상하지 못했다.

캉!

크리카가 창을 크게 휘둘러 칼을 쳐 냈다. 그의 자세가 엉거주춤했다.

"홉!"

유릭은 크리카의 자세가 뒤틀린 찰나를 놓치지 않았다. 그가 크리카의 창대를 잡아서 당겼다.

크리카는 끝까지 창을 놓지 않고 딸려왔다. 유릭은 그의 배를 가볍게 발로 쳤다.

"카악!"

크리카의 몸뚱이가 허공에 붕 떴다. 내장이 뒤틀리는 느낌이었다. 가죽옷을 겨입지 않았으면 내장이 터져서 죽었을 터다.

'눈앞이 캄캄하다.'

크리카는 바로 일어서지 못했다. 온몸이 으스러질 듯이 아팠다.

'역시 거인을 죽인 전사로군. 눈 깜짝할 사이에 당했어.'

온갖 생각이 오갔다. 까맣던 시야가 밝아졌다. 등을 돌리는 유릭이 보인다.

크리카는 자신의 손과 발이 움직이는 걸 확인했다.

"으아아아아아!"

크리카가 포효를 내지르며 부서질 것 같은 몸을 일으켜 세웠다. 그가 창을 들고 유릭의 뒤통수를 노렸다.

'원망 마라! 끝까지 마무리하지 않고 방심한 네 잘못이니까!'

크리카는 확신했다. 그의 창은 정확히 유릭의 머리를 노리고 있었다.

유릭은 뒤를 보지도 않고 머리를 비틀었다. 창날이 뺨을 스쳤다. 유릭이 두 눈을 크게 뜨고 크리카를 쳐다봤다. 주먹을 굳게 쥔다.

콰직!

유릭의 주먹이 크리카의 옆구리를 노렸다. 크리카는 간신히 왼팔을 내려 방어를 했다. 철퇴처럼 묵직한 일격이 크리카의 왼팔을 부러뜨리며 옆구리를 강타했다.

크리카가 땅바닥을 서너 번 굴렀다.

"그 상황에 왼팔을 들어 방어했군. 방금은 죽이려고 주먹을 쓴 건데 말이야."

유릭이 성큼성큼 걸어서 누워 있는 크리카의 옆에 섰다.

크리카가 태아처럼 몸을 웅크렸다. 온몸이 저리다 못해 감각이 둔했고, 숨이 멎는 듯했다.

유릭은 크리카를 내려다봤다.

"살아남아서 좋은 전사가 돼라, 꼬맹아."

유릭이 등을 돌리곤 내버려 둔 빌케르 쪽으로 갔다.

"여, 여긴…… 유릭?"

구토 끝에 정신을 차린 빌케르가 사방을 둘러봤다. 그는 유릭과 크리카의 꼴을 보며 기겁했다.

"넌 지금 나한테 납치를 당한 거야. 공주님처럼 고이 모셔다 주지."

유릭이 히쭉 웃으며 빌케르의 뺨을 툭툭 쳤다.

"크, 크리카를 죽인 겁니까!"

빌케르가 처음으로 분노하며 외쳤다. 예상 밖의 반응에 유릭이 어깨를 으쓱했다.

"죽이진 않았어. 죽을 각오로 덤벼온 녀석에게는 그게 더 치욕이겠지만. 이야, 그나저나 남자다운 표정도 지을 줄 알잖아?"

죽지 않았다는 말에 빌케르가 가슴을 쓸어내렸다. 그는 비틀거리며 크리카에게 다가가 상태를 확인했다.

"도망가십쇼, 빌케르 님."

크리카가 숨을 헐떡이며 누워서 말했다.

"나 혼자 어떻게 도망을 가겠어……."

빌케르가 난처하게 중얼거리자 크리카가 인상을 찌푸렸다.

"그러고도 위대한 전사 미요른의 후손이냐, 병신 같은 새끼!"

크리카가 입안에 고인 피를 뱉어서 빌케르의 얼굴에 뿌렸다.

빌케르는 얼굴에 묻은 피를 소매로 닦으며 일어섰다. 유릭이 빌케르의 목덜미를 잡아끌었다.

"자, 이제 가자고. 뚱땡이 공주님."

"잠깐만요! 잠깐!"

빌케르가 발버둥 치면서 유릭의 팔을 두드렸다.

"왜? 너도 두들겨 맞고 가고 싶냐?"

"그, 그게 아니고 크리카도 함께 데려가야 합니다."

"엉?"

"절 데려갈 거면 크리카도 같이 가야 한다고요!"

빌케르가 간절히 말했다. 유릭이 떨떠름한 표정을 지었다.

"너희 둘이 그렇고 그런 사이였냐? 엉덩이를 좋아하는 그런 부류를 몇 번 보긴 했지만……."

"네? 무슨 소리예요. 크리카는 저를 지키지 못했으니 돌아가도 책임을 지고 죽어야 한다고요. 저를 데려갈 거면 크리카도 같이 데려가야 해요! 순순히 따라갈 테니까, 제발……."

유릭이 머리를 긁적였다.

'저 돼지가 미요른의 후손이 맞긴 한 거야?'

유릭조차 그런 생각이 들었다. 미요른의 후손은커녕 평범한 북부인 기준으로 봐도 한참이나 사내로서 결함투성이였다.

"알았어, 그만 징징거려."

유릭이 주먹을 들더니 크리카의 머리를 때렸다. 크리카가 눈을 뒤집으며 기절했다.

"주, 죽이라고 안 했어요!"

"안 죽였어! 이런 놈은 기절시키지 않으면 이빨로 내 목을 뜯어먹을 새끼라고. 너와 달리 크리카는 진짜 전사니까 말이야."

유릭이 크리카를 업으며 말했다. 빌케르가 입을 다물며 유릭의 뒤를 쫓아 뛰었다.

"헥, 헥."

빌케르는 유릭을 따라가는 것만으로도 숨이 넘어갈 것 같았다. 유릭이 걸음을 조금 늦춰서 약속된 장소로 향했다.

'날이 밝아 빌케르가 없어진 걸 알기 전에 최대한 멀리 가야 돼.'

유릭이 북부인 주둔지에 간 까닭은 빌케르 납치를 위해서였다. 어떻게든 미요른의 혈통을 손에 넣으면 북부인들이 뭉치게 된다.

서부 약탈자들의 지휘관이며, 거인 요르칸을 죽인 유릭은 예상대로 쉽게 북부인의 신뢰를 얻을 수 있었다.

"킬리오스!"

유릭이 지평선 너머로 달려오는 말을 보며 웃었다. 그 뒤에는 미리 빠져나온 게오르크와 전사들이 있었다.

"제길, 느려 터져서 답답해 죽는 줄 알았다고. 이 뚱땡이 좀 말에 태워."

유릭이 투덜거렸다. 빌케르가 움찔하며 자신이 잘못한 것처럼 굴었다. 유릭은 그 태도에 더 화가 나서 빌케르의 엉덩이를 발로 걷어찼다

게오르크가 유릭의 등을 바라봤다.

"뒤에 업힌 자는 호위전사 아닙니까?"

"저 돼지가 징징거려서 데려왔어. 위험한 놈이니까 팔목을 꽁꽁 묶어둬. 절대 날붙이를 가까이 두지 마. 나이는 어려도 전사로서 됨됨이가 된 새끼더라고."

유릭이 경고했다. 서부의 전사들은 크리카를 포박해 말 뒤에 업었다.

유릭은 잠도 자지 않고 계속 걸었다.

오히려 말을 타고 있는 빌케르가 꾸벅꾸벅 졸면서 고개를 떨어뜨렸다. 그는 몇 번이나 낙마할 뻔했다. 유릭이 옆에 없었다면 진작 머리가 깨졌을 것이다.

"어쨌든 미요른의 후손을 손에 넣었군요. 좋은 상징이 될 겁니다. 미요른의 명성과 공포는 제가 살던 랑케가트까지 닿았을 정도니까요."

게오르크가 빌케르를 흘깃 보며 말했다.

빌케르가 어떤 소년이며 그의 성정이 어떠한지는 중요하지 않았다. 미요른의 혈통이라는 것만이 빌케르의 존재가치였다.

"저래서야 사내구실을 하겠어? 내 아들은 저렇게 안 키워야지."

"아들이 있긴 합니까? 유릭."

"씨를 왕창 뿌려뒀으니 어딘가에 있겠지? 아마도."

유릭이 키득키득 웃었다. 그의 혈통은 어딘가에 있을 터다. 서부의 여인들이 잉태한 생명 중에서도 그의 혈통이 있을 터.

"댁은 아마 좋은 아버지가 되진 못할 겁니다."

"어째서?"

"그냥 보면 알아요. 가정에 충실할 사내가 아니잖아요."

게오르크의 말에 유릭은 반박하지 못했다. 게오르크는 기세를 잡았다는 듯이 계속 말을 이었다.

"역사에 이름을 남기는 사람치고 좋은 아버지는 드뭅니다.

영웅과 좋은 아버지. 둘 다 되긴 힘들죠. 둘 중 하나만 잘하는 것도 인생을 평생 바쳐야 하거든요. 그러고도 둘 중 하나도 못 되는 사람이 수두룩하고요."

게오르크가 히쭉 웃었다.

Chapter 6

크리카는 눈을 떴다. 뒷목이 욱신거렸고, 위장이 뒤틀린 듯
이 뜨거웠다.

"빌어먹을."

크리카가 상황을 살피더니 욕을 내뱉었다.

'처음부터 빌케르를 납치할 생각으로 왔군, 교활한 놈들.'

크리카는 말 뒤에 엎드린 채로 실려 갔다. 팔이 뒤로 꽁꽁
묶인 상태라 어쩔 도리가 없었다.

말에 탄 빌케르는 크리카가 정신을 차리는 걸 보곤 입을 열
었다.

"정신이 들어?"

"넌 닥쳐. 머저리 새끼."

크리카가 욕을 해댔다. 이미 끝장난 상황이었다. 크리카는 임무에 실패했고, 설사 혼자서 주둔지에 돌아가더라도 문책을 피하지 못한다.

북부전사들은 미요른의 후손을 찾기 위해 많은 공을 들였었다. 그들은 빌케르를 지키지 못한 크리카를 그냥 두진 않을 터다.

"사내라면 무기를 들고 적과 싸워야지. 넌 도대체 뭐 하는 새끼야? 나중에 네 마누라가 붙잡혀 가도 숨어서 구경할 거냐? 엉?"

크리카는 빌케르에게 존대를 하지 않았다. 빌케르는 겁에 질린 표정으로 시선을 피했다.

"너나 입 다물어, 이 자식아. 귀하신 몸이 겁을 먹었잖아."

유릭이 크리카의 등을 때리며 말했다.

"개자식이!"

크리카가 눈을 부라리며 유릭을 쳐다봤다. 그는 바둥거리다가 말 위에서 떨어졌다.

"개자식은 아니고 사람자식이지. 너도 나도."

유릭이 낄낄 웃으며 크리카를 걷어찼다. 크리카는 치욕으로 몸을 부들부들 떨었다.

"죽일 테면 죽여라. 난 두렵지 않으니까!"

"당연히 두렵지 않겠지. 울가로께서 기다리고 있잖아? 잘난 검의 언덕에서."

유릭은 크리카의 팔목에 묶인 밧줄을 잡아서 질질 끌었다.

'무슨 힘이 이렇게……'

버티던 크리카가 팔목이 빠질 것 같아서 끌려왔다. 유릭은 한 손으로 가볍게 당기는데도 그 힘이 엄청났다. 말에 묶여 끌려가는 느낌이었다.

"죽이진 않아. 죽여달라고 삑삑거리는 애새끼를 죽여봐야 꿈자리만 사납지."

크리카의 자존심을 완전히 구겨 버리는 말이었다.

'죽였다간 빌케르가 난리를 피울 테니, 그것 나름대로 피곤한 일이고.'

어쨌거나 유릭은 빌케르의 호의를 사야 한다. 납치로 시작된 일이지만 말이 통해 좋게 끝나면 서로에게 이득이다.

'애초에 미요른의 후손이라는 이유로 이용당하는 신세였으니, 이쪽에서 이용당한다 해도 별로 달라질 건 없겠지.'

실제로도 빌케르는 얌전히 유릭을 따라갔다. 그저 자신의 처지를 생각하며 한숨을 쉴 뿐이었다.

'내가 미요른의 후손이라는 것도 얼마 전에 알았는데……'

빌케르가 쓸쓸하게 설원의 지평선을 쳐다봤다. 그의 어머니는 미요른의 딸이다.

빌케르의 모친은 세상풍파에 휩쓸리는 걸 싫어했기에 그걸

철저하게 숨기고 살아왔었다. 하지만 그녀는 빌케르가 장성하기도 전에 죽을병에 걸렸고, 어쩔 수 없이 미요른의 후예라는 걸 알리며 북부의 전사들에게 빌케르를 보냈다.

'적어도 배를 곯진 않겠지, 빌케르. 가서 마음껏 먹으렴.'

빌케르는 어머니의 작별인사를 떠올렸다. 미요른의 딸을 보고 혈통을 확인한 북부전사들은 빌케르를 귀하게 모셨다.

북부인에게는 강력한 상징이 필요했다. 죽어가는 신 울가로를 대신할 권위가 미요른의 후손에게 있었다.

'저 뚱보 소년이 북부를 뒤흔들 상징이라니…… 참으로 세상은 기이하군.'

유릭이 혼자서 웃었다. 원치도 않는 힘을 얻게 된 소년이 여기에 있었다.

"이쯤에서 한 번 쉬고 가는 게 좋을 것 같다, 유릭. 언덕 위라서 적이 오면 대처하기도 쉬워."

앞서가던 전사가 해의 위치를 보며 말했다. 유릭이 고개를 끄덕이자 전사들이 모닥불을 피우고 음식을 꺼냈다.

'원래라면 그냥 육포로 때우겠지만 날씨가 추우니 다들 따뜻한 음식을 먹고 싶어 하지.'

전사들은 뭐라도 좋으니 따뜻한 음식이 먹고 싶었다. 서부의 전사들에게 북부의 기후는 잔혹하기 그지없었다. 마치 하늘산맥 고지대에서 일 년 내내 머무는 느낌이었다.

달그락.

전사들이 냄비 하나를 꺼내 모닥불 위에 올렸다. 달아오른 냄비가 뜨거웠다. 게오르크가 눈을 한가득 냄비에 담아서 끓이고, 그 안에 육포를 찢어 넣었다.

구경하던 빌케르가 다가왔다.

"저, 저기 이, 이거 넣으면 맛있을 거예요."

빌케르는 주변에 있는 산채를 뽑아서 다듬더니 가져왔다.

"우리를 죽이려고 독초를 뽑아온 거 아니야?"

유릭이 피식 웃으며 빌케르가 가져온 산채를 혀끝에 댔다. 톡 쏘는 알싸한 향이 났다.

"저는 음식 가지고는 장난 안 쳐요."

빌케르가 단호하게 말했다. 유릭이 어깨를 으쓱하며 산채를 냄비 안에 넣었다. 육포와 뒤섞인 산채에서 좋은 향이 났다.

"먹을 만한걸? 거기서 구경하지 말고 앉아서 먹어, 빌케르 동생."

유릭이 완성된 국을 그릇에 떠서 후루룩 마셨다. 뜨뜻한 국물이 배에 들어가자 전사들의 얼굴이 온화해졌다.

"육포에 소금기와 훈연향이 있어서 예상대로 맛있게 됐네요. 좀 더 푹 끓이면 깊은 맛도 나고 육질도 연하겠지만 그럴 시간은 없겠죠?"

빌케르가 맛을 보더니 말했다.

"뭐야? 너 요리사였어?"

유럭의 말에 빌케르가 당황했다.

"그, 그건 아니고, 먹는 게 그냥 좋아서요. 아차, 크리카!"

빌케르가 허겁지겁 그릇에 국을 떠서 크리카 앞에 가져갔다. 손이 뒤로 묶인 크리카는 혼자서 음식을 먹기 힘들었다.

'개처럼 엎드려 먹을 바에 굶어 뒈지고 말지.'

크리카가 고개를 빳빳하게 세웠다.

"안 먹으면 회복도 더딜 거야."

빌케르가 그릇을 크리카의 입가에 가져가 댔다. 그릇을 기울이자 크리카도 어쩔 수 없이 입을 벌리곤 음식을 받아먹었다.

"제기랄, 날붙이라도 구해 와서 내 팔을 묶은 밧줄을 잘라. 빌케르."

크리카가 입안에 들어간 고기를 질겅질겅 씹으며 말했다. 빌케르가 우울한 표정을 지었다.

"말이 쉽지……. 밧줄 자른다고 도망갈 수 있을 것 같지도 않은걸."

"그렇다고 이렇게 질질 끌려가자고? 너 고추는 달려 있냐?"

크리카는 빌케르의 유약한 태도에 화가 났다. 빌케르도 크리카의 태도에 슬슬 짜증이 났는지 말에 가시가 돋았다.

"좀 진정해. 난 널 버리고 갈 수 있는데 이렇게 데려온 거라고."

"하? 그래서 감사하라고? 넌 네가 착한 줄 알지? 아냐, 그저 겁쟁이인 거지. 남한테 미움받는 게 싫어서 거절도 못 하고 질질 끌려다니는 등신새끼. 줏대도 없이 행동하는 천하의 병신새끼!"

크리카의 폭언에 빌케르가 인상을 찌푸렸다. 그는 그릇을 들고 다시 모닥불로 갔다.

"기껏 음식을 가져다줬는데……."

빌케르가 중얼거리며 한숨을 쉬었다. 크리카의 태도 때문에 그의 심기가 불편했다.

"고작 그 정도로 쪼잔하게 맘 상하지 마라, 빌케르. 넌 왕이 될 거다, 북부의 왕. 내가 또 사람을 왕으로 만드는 걸 잘하거든."

유릭이 음식을 마저 먹고는 배를 두드리며 말했다.

"왕……."

빌케르가 떨떠름하게 중얼거렸다. 주변 사람들은 빌케르가 왕이 될 거라 말했지만, 그는 실감하지 못했다.

"할아버지를 잘 둔 덕택에 출세하는 거지. 좀 기뻐하라고. 이 유릭이 널 왕으로 만들어줄 테니까 말이야."

유릭이 웃었다. 북부인의 왕국이 건설되면 빌케르는 왕이 될 터다.

'물론 훌륭한 왕은 못 되겠지. 이리저리 휘둘리는 유약한 왕

이 될 거다.'

그거야 유릭이 알 바는 아니었다. 북부의 미래는 그의 관심 밖이다.

뒤에 있던 크리카가 식사를 마친 유릭과 전사들을 보며 입술을 씰룩였다.

"그렇게 여유를 부릴 때가 아닐 텐데? 추격대가 와서 너희들을 찢어버릴 거다."

유릭은 크리카의 으름장을 무시하며 짐을 챙겼다. 식사를 끝낸 일행이 다시 설원을 걸었다. 이제 겨울인지라 날씨는 더욱 험했다.

"날씨가 험한 게 어쩌면 다행입니다. 눈보라 때문에 흔적이 금방 묻힐 테니까요."

게오르크가 뒤를 보며 말했다. 그들의 발자국은 눈보라에 묻혀 희미해졌다.

유릭이 게오르크의 말에 부정적인 태도를 보였다.

"놈들은 평생 북부에서 살아온 사냥꾼이며 전사야. 이런 눈보라 속에서 사냥감을 쫓는 것도 여러 번 해봤겠지. 어떻게든 쫓아올 거다. 한 번 정도는 싸워야 될걸?"

유릭은 전투를 기다렸다. 심장이 쿵쿵 뛰었다.

'강인한 북부의 전사들.'

북부의 전사와 맞선 유릭은 짜릿한 생사의 경계를 느낄 터다. 죽음의 공포에서도 물러서지 않는 전사들과 칼을 맞댈 생각을 하니 절로 미소가 나왔다. 벌써부터 흥분으로 가슴이 두근거렸다.

"어차피 피하지 못할 싸움이면 즐겨야지."

유릭이 서부어로 그리 말하자 전사들이 키득키득 웃었다.

'역시 협박 따위 통하지 않는 무리로군.'

크리카의 도발은 아무런 의미가 없었다.

반나절을 더 걸은 유릭 일행은 야영지를 꾸렸다.

이번에도 빌케르가 냄비요리에 참견하며 이런저런 산채와 겨울열매를 가져왔다.

"이걸 넣으면 맛있어요."

"생긴 건 영 아닌걸?"

"확실하다니까요."

빌케르는 단호했다. 유릭의 허락이 떨어지기도 전에 손질한 산채와 열매를 냄비 안에 넣었다. 과즙이 흩어지면서 금방 국물의 색이 변했다. 색깔이 거무칙칙해서 영 입맛이 돌지 않았다.

유릭이 팔짱을 끼며 턱짓을 했고, 게오르크가 국물을 한입 떠 마셨다.

"어라? 먹을 만한데요? 시큼한 게 묘하게 어울립니다."

"확실해?"

"이래 봬도 서기노예라서 좋은 걸 먹고 자랐거든요. 나름 미식가입니다."

전사들도 국물을 마셔보더니 눈을 동그랗게 떴다. 낯설면서도 독특한 풍미가 있었다.

"예전에 엄마를 따라 산채를 캐서 생활했거든요. 이런 건 잘 알아요. 그때는 고기가 없었지만요."

빌케르는 아버지를 일찍 여의었기에 전투와 사냥기술을 배우지 못했다. 대신에 어머니를 따라 생계를 유지하기 위해 이런저런 산채를 캐며 생활했었다.

"호오, 이 정도면 요리를 맡겨도 되겠는걸?"

유릭도 빌케르의 요리솜씨만큼은 인정했다. 급조한 재료만으로도 맛을 이끌어내는 사람은 드물다.

밤이 깊어갔다. 전사들은 교대로 불침번을 서며 빌케르와 크리카를 감시했다.

빌케르가 눈을 흘기며 전사들을 살폈다. 밤이 되자 전사들의 눈동자가 살벌했다.

'이들은 나를 루를 믿는 북부인에게 데려갈 생각이겠지.'

빌케르도 대충 정황을 파악했다. 이미 서부의 약탈자는 루를 믿는 북부인과 먼저 접촉을 했다. 북부세력 확장의 핵심인 빌케르를 손에 넣기 위해서 유릭은 위험을 무릅쓰고 울가로의 전사들에게 접근했다.

"하아."

숨이 차갑다. 입김이 허공에 너울거렸다.

빌케르는 자기 전에 두 손을 모았다. 서부의 전사들은 빌케르의 행동에 별다른 관심을 보이지 않았다.

"전지전능하신 태양이시여, 루여. 오늘도 배를 곯지 않게 해주셔서 감사합니다. 내일도 먹을 것과 마실 것을 내려주시어……."

빌케르의 입에서 나오는 기도는 태양신 루를 향했다. 불침번을 서는 서부의 전사들은 그 기도가 무엇인지 신경도 쓰지 않았다. 유릭과 게오르크도 곤히 잠들어 있었다.

미요른의 후손이 태양신 루를 믿고 있었다. 북부의 전사들이 알아선 안 될 빌케르의 비밀이었다.

'빌케르, 우리가 태양신을 믿는다는 건 숨겨야 한단다.'

빌케르는 어머니의 당부를 떠올렸다. 하지만 지금은 기도를 하지 않으면 견디기 힘들었다. 불안감이 목구멍까지 차올라 숨이 막혀왔다.

"부디 저를 보호해 주시옵소서."

빌케르는 기도를 마치고는 주변의 눈치를 살폈다. 곧 그는 창백한 얼굴로 어색하게 웃었다.

"아, 크리카……."

단 한 명이 시퍼렇게 눈을 뜨고 빌케르의 기도 장면을 보고 있었다. 두 손이 뒤로 묶인 크리카가 벌떡 일어나며 소리를 질렀다.

"이 개자아아아식아아아아!"

크리카가 몸을 날려서 빌케르의 머리에 박치기를 했다. 빌케르와 크리카가 바닥에 넘어지면서 뒤엉켰다.

두 팔이 묶인 건 크리카인데도 오히려 빌케르가 당하는 모양새였다.

퍽!

크리카가 두 다리로 빌케르의 배를 찍어 눌렀다.

"네가 그러고도 미요른의 후손이냐! 이 미친 새끼야! 믿을 신이 없어서 놈들의 신을 믿어? 제정신이냐! 네 할아버지를 죽인 자들의 종교를!"

북부의 혼을 증명하듯 크리카가 울부짖었다. 불침번을 서던 전사들이 달려와 크리카를 제압했다.

콰직!

크리카는 땅바닥에 머리가 처박히고도 두 눈을 치켜뜨고는 빌케르를 노려봤다.

빌케르가 얻어맞은 배를 감싸며 힘없이 중얼거렸다.

"도대체 나한테 왜 이러는 거야. ……난 너한테 잘못한 게 없어."

"네 존재 자체가 잘못인 거다! 망할 새끼야!"

크리카는 붉어진 얼굴로 소리를 질렀다. 그는 부러진 왼팔
이 뒤틀리는데도 몸부림쳤다.

유릭은 소란을 듣고 일찌감치 눈을 떴다. 그는 늘어지게 하
품을 하면서 제압당한 크리카를 바라봤다.

"잠도 못 자게 뭔 지랄이야? 너 그러다가 팔 영영 불구가 돼.
알아?"

유릭이 크리카의 왼팔을 보며 말했다. 유릭과 싸우다가 부
러진 팔이었다. 부러진 팔은 자리를 이탈해 너덜거렸다.

유릭이 크리카 옆에 앉았다. 그가 크리카의 어긋난 왼팔을
끼워 맞췄다.

"끄, 끄아아아!"

크리카가 통증 때문에 소리를 질렀지만, 유릭은 아랑곳하지
않고 무심한 표정을 지었다.

"사내새끼가 계집애처럼 비명을. 부목을 대줄 테니까 헛짓
거리 그만해라. 이번에는 다리도 묶을 거야."

크리카는 사지가 묶인 채로 빌케르를 노려봤다.

"부끄러운 줄 알아라, 빌케르."

크리카가 이를 드러내며 으르렁거렸다. 유릭은 크리카의 뒤
통수를 때리고는 빌케르에게 접근했다.

"저 혈기왕성한 놈한테는 신경 꺼. 요즘 세상에 울가로를 믿는 사람이 어딨어? 안 그래?"

유릭의 말에 빌케르가 눈을 크게 떴다.

"제, 제가 루를 믿는다고 말해도 이상하게 여기지 않는군요."

"그보다 더 희한한 경우도 많이 봤어. 한평생 북부인의 머리통을 쪼개고 다니던 노인네가 루를 버리고 울가로로 갈아타기도 하거든. 오히려 싸움도 못 하는 네가 독실한 울가로의 신자라고 말하는 게 더 웃긴 일이겠지."

유릭이 으쓱하며 빌케르의 어깨를 툭툭 두드렸다.

홀어머니 밑에서 자란 빌케르는 자연스레 루를 믿게 되었다. 여자와 아이들에게 울가로는 매력적인 신이 아니었기 때문이다. 하지만 미요른의 후예라고 그를 떠받드는 독실한 전사들 앞에서는 루를 믿는다고 말할 순 없었다.

"미요른의 후예인 제가 루를 믿으면 나중에 벌을 받는 걸까요? 울가로가 화를 낼까요? 당연히 화를 내겠죠?"

빌케르가 혼잣말하듯 말했다. 유릭이 웃으면서 고개를 저었다.

"내가 성직자는 아니지만…… 네 영혼은 루가 데려갈 거다. 너 같은 겁쟁이에게 울가로는 관심도 없을걸? 이만 잠이나 자라. 내일도 온종일 걸어야 할 테니까."

유릭이 자리를 뜨고는 다시 나무에 기대며 앉았다.

'어쩌면 다행이다. 빌케르가 태양교도라면 상황이 오히려 나아. 독실한 울가로의 신자였다면 골치가 아팠겠지.'

많은 북부인이 태양교를 믿고 있었다. 진심으로 태양교를 믿지 않아도 형식상이나마 태양교로 개종한 북부인이 많았다.

울가로는 신의 영역에서 전설의 영역으로 내려가고 있었다. 울가로가 선조라는 건 인정하되, 북부인들이 믿는 신은 태양이었다.

'댁에게는 미안한 말이지만, 시대가 원하는 신은 당신이 아니야.'

유릭이 아무도 없는 어둠을 바라봤다.

Chapter 7

이틀이 더 지났다. 유릭의 예상대로 전투가 일었다. 10여 명의 북부전사가 유릭 일행을 습격했다.

"울가로여-!!"

북부전사의 외침이 설원을 찌렁찌렁하게 울렸다. 그들은 두 팔을 크게 벌리며 달려왔다. 북부 특유의 양손전투도끼는 방패조차 쪼갤 정도였다.

"스벤이 생각나는구만."

유릭이 한손도끼를 휘둘러 덤비는 북부전사의 목을 반쯤 잘랐다. 그는 양손전투도끼를 뺏더니 그걸로 싸우기 시작했다.

휘릭.

유릭은 한 손으로도 거침없이 전투도끼를 휘둘렀다. 도끼자루 밑 부분을 쥐고 원심력을 실어 길게 휘둘렀다.

콰직!

전투도끼가 방패를 쪼개며 북부전사의 복부를 길게 베고 지나갔다. 설원 위에 붉은 꽃이 한가득 피었다.

유릭과 부족전사들은 이미 전투를 기다리고 있었다. 그들은 도망가지 않고 대응했다. 죽고 죽는 전투가 계속 이어졌다.

"우웩."

빌케르가 엎드리며 구토를 했다. 사람이 날붙이에 찔려 죽는 건 처음 봤다. 끔찍한 꼴이었다.

'더 끔찍한 건 저들이 싸움을 즐긴다는 거야.'

전사에게 싸움은 영광이며 즐거움이었다. 그들은 자신의 목숨을 걸고 상대의 생명을 취했다.

'난 결코 저렇게 되지 못해.'

빌케르는 루의 이름을 읊조렸다.

악귀란 멀리 있는 게 아니었다. 빌케르의 눈에는 사람을 죽이면서 웃는 자들이 악귀처럼 보였다. 잘린 머리를 들어 올리며 포효하는 자들이 지상에 도래한 악귀였다.

'도대체 살인과 싸움에 무슨 영광이 있다는 거야.'

그저 역겹기만 했다. 빌케르는 깊게 심호흡했다. 피비린내가 코 안쪽으로 스며들며 뇌를 쿡쿡 찔렀다.

빌케르는 벌벌 떨며 전투가 끝나기만 기다렸다. 그 옆에 있던 크리카는 빌케르를 바라보며 인상만 찌푸렸다.

"겁쟁이."

크리카의 매도 따윈 아무렇지도 않았다. 말로는 사람을 죽이지 못한다. 사람을 죽이는 건 칼이다.

비명이 더 이상 들리지 않았다. 쇠가 부딪치는 소리가 잦아들었다.

"간만에 몸을 풀었네, 다들 살아 있나?"

피를 뒤집어쓴 유릭이 외쳤다. 그는 눈덩이를 얼굴에 비벼서 피를 닦아냈다.

"사베쿠와 예르가르가 죽었어."

다른 전사가 주변을 흘겨보더니 보고했다.

"쓰읍, 그래? 다른 놈은?"

"말린은 배가 찢어져서 죽을 거야. 창자가 너무 많이 튀어나왔어."

"일단은 집어넣어 봐. 운이 좋으면 살 수도 있겠지."

"고통스럽다고 그냥 죽여달래, 대지의 아들이 직접 해달라는데?"

"알았어, 조금만 기다려."

유릭 일행도 피해가 제법 있었다. 5명의 사상자가 생겼다. 그중에서 3명은 죽었고, 2명은 상처가 덧나지 않으면 살 것이다.

유릭은 도끼를 들고는 배가 찢어진 전사 앞에 섰다.

'살긴 글렀군.'

밖으로 튀어나온 창자에서는 대변이 새어 나왔다. 전사는 희미하게 숨만 헐떡이고 있었다. 바로 죽지 않은 게 대단할 정도였다.

"고개를 숙여."

"후우, 후우. 명복이라도 빌어줘, 유릭. 주술사들처럼 말이야."

"하, 난 주술사가 아니라고."

"그래도 괜찮아. 아무거나 말만 해줘."

유릭이 잠시 고개를 들며 할 말을 생각했다.

"푸른 하늘에서 선조와 형제들이 널 기다리고 있을 거다. 사냥을 하면서 말이야."

"멋대가리 없어."

"미안."

유릭이 도끼로 전사의 목을 베었다. 희미하던 생명의 빛이 꺼졌다. 다른 전사들이 시체를 수습해 가지런히 놓았다.

전장수습이 끝났다. 유릭과 전사들은 적들의 시체에서 쓸 만한 물건을 챙겼다.

"우린 계속 움직인다. 서둘러. 어이, 뭐야? 오줌이라도 지려서 일어나지 못하는 거냐? 빌케르."

유릭이 빌케르의 팔을 잡고 일으켜 세웠다. 빌케르의 입술이 달달 떨렸다.

'토끼, 아니, 새끼돼지처럼 겁을 먹었군. 사람이 죽는 건 처음 본 건가.'

유릭은 빌케르의 눈을 응시했다. 빌케르가 유릭의 눈을 피했다.

'유릭에게서 피 냄새가 나.'

지금까지 나름 편했던 유릭이 전혀 다른 사람처럼 느껴졌다. 아무리 유쾌하게 말을 건네더라도 상대는 잔혹하기 그지없는 전사였다. 사람을 베는 데 주저하지 않는 잔학무도한 악귀다.

'나도 자칫하면 죽을지도 몰라.'

빌케르는 모든 것이 두려웠다. 그는 간신히 말 위에 올라탔다.

"넌 안전해, 빌케르."

유릭의 보장도 빌케르에게는 소용없었다.

빌케르는 그날 밤 좀처럼 잠들지 못했다. 누군가가 자신의 목을 벨지도 모른다는 생각이 자꾸만 들었다.

'난 안전하지 않아.'

눈을 흘기자 어둠이 무서웠다.

팔다리가 묶인 크리카가 빌케르를 보더니 침을 뱉었다.

"아직도 벌벌 떨고 있나? 멍청한 자식."

"너, 너는 무섭지 않아?"

"나는 전사다. 이미 사람도 죽여봤어."

북부전사들 사이에서는 오랜 전통이 있다. 아버지는 아들을 데리고 사냥을 한다. 그리고 아들이 어느 정도 장성하면 살인경험을 쌓도록 옆에서 도와준다. 그게 약탈이든 습격이든 강도짓이든.

'사람을 죽여본 경험이 없으면, 전투에서 막상 중요한 순간에 망설이게 되지.'

크리카도 오래전에 아버지를 따라서 길가는 여행자를 습격해 죽인 적이 있었다. 양심의 가책은 없었다. 다들 그렇게 살아가는 거였으니까.

태양교가 번성하면서 그런 북부고유의 전사문화는 점점 사라졌다. 루의 신자들에게 생명은 고귀한 것이었고, 그들은 연대와 화합의 가치를 중요하게 여겼다. 그런 변화를 거부하는 자들이 울가로의 전사들이었다.

"나는 사람이 사람을 죽이는 걸 처음 봤어……."

빌케르가 쭈그리고 앉았다. 지금은 누구라도 좋으니 말상대가 있는 게 나았다.

크리카는 혀를 차며 한참이나 말없이 앉아 있었다. 침묵하던 그가 조용히 입을 다시 열었다.

"너 관둬라. 기회가 되면 도망가. 넌 산에서 나물이나 뜯으면서 사는 게 어울려. 네가 왕이 된다고? 고작 사람 몇 명 죽었다고 벌벌 떠는 놈이?"

"알고 있어. 나랑 어울리지 않는다는 것쯤은."

"어울리지 않는 게 문제가 아니야. 왕이 되면 넌 제명에 못 죽을 거다. 겁쟁이면 겁쟁이답게 도망가서 숨어 살아. 다신 이쪽을 보지도 말고. 지금 저들은 널 경계하지 않아. 완전히 널 바보로 여기고 있지. 볼일을 보고 온다고 하면 순순히 보내줄 거다."

크리카가 눈을 또렷하게 떴다.

"내가 떠나면 넌 죽을걸. 아무런 가치도 없으니까."

"그건 네 알 바가 아니야. 나는 크리카다. 너와 달리 진짜 전사지. 죽음 따윈 신경 쓰지 않아. 죽는 것보다 네 한심한 꼴을 보는 게 더 괴로울 지경이다."

빌케르의 눈동자가 떨렸다. 말은 험했지만 크리카는 빌케르에게 조언을 하고 있었다.

"그래, 나는 전사가 아니야."

빌케르가 고개를 끄덕이며 중얼거렸다. 크리카는 처음으로 옅게 웃었다.

"끝까지 도망가라. 잡히지 마. 누구에게도."

하지만 빌케르는 작게 고개를 저었다.

"전사는 아니지만, 나 때문에 누가 죽는 걸 그냥 보고만 있지 않아. 그게 내가 아는 루의 가르침이고 도리니까."

빌케르가 요리용으로 쓰던 주머니칼을 꺼냈다. 그가 천천히 손을 뻗어서 크리카의 팔다리를 묶은 밧줄을 조금씩 잘랐다.

"지금 뭐 하는 거야."

"도와주는 거야. 너야말로 도망가. 전사들에게 돌아가지도 말고 멀리 떠나. 넌 재주가 좋으니까 어디서도 잘 살 수 있을 거야."

"네 도움 따윈 받지 않아. 집어치워."

"이미 밧줄을 잘랐어."

크리카는 자유로워진 손가락을 느꼈다. 그는 속으로 욕을 내뱉으며 불침번을 흘겨봤다. 불침번은 바깥 방향을 보며 혹시라도 있을 습격을 경계했다.

'빌어먹을, 저 돼지 새끼한테 도움을 받다니! 제기랄! 망할!'

목구멍까지 욕이 튀어나왔다. 크리카가 눈을 부릅뜨며 빌케르를 노려봤다.

"너는 끝까지 싫은 짓만 골라 하는군."

크리카는 다리를 묶은 밧줄을 마저 풀었다. 그는 슬금슬금 엉덩이를 들어서 뒤로 빠졌다.

빌케르와 크리카는 마지막으로 눈을 마주쳤다. 빌케르가 고개를 끄덕였고, 크리카가 소리 없이 걷다가 달리기 시작했다.

뒤늦게 불침번이 크리카가 사라진 걸 알고는 유릭을 깨웠다. 자다가 일어난 유릭은 근래 번번이 숙면을 취하지 못해 짜증을 냈다.

"놔둬. 쫓는다고 시간을 보내는 게 더 손해야. 오늘은 지금부터 움직인다. 괜히 추격대라도 끌고 오면 곤란하니까."

유릭은 하품을 하며 짐을 챙겼다. 그는 물끄러미 빌케르를 쳐다봤다. 빌케르는 뭔가 잘못한 사람처럼 유릭의 눈을 피했다.

"빌케르 동생."

유릭이 빌케르의 어깨에 팔을 걸쳤다. 빌케르가 화들짝 놀라며 동그랗게 눈을 떴다. 유릭이 천천히 입을 열었다.

"옳다고 생각한 행동이 항상 좋은 결과를 만들지는 않아. 어쩌면 너 때문에 사람이 더 죽을 거다."

그 말을 들은 빌케르는 심장이 멎는 듯했다. 자신의 심장소리만 크게 들렸다.

유릭은 그럴 줄 알았다는 듯이 웃었다.

'역시 빌케르가 풀어준 거로군.'

크리카가 도망간 방향을 쳐다봤다. 아직 어둠이 깊게 드리운 밤이다.

"망할 뚱땡이 녀석."

크리카가 한 치 앞도 보이지 않는 어둠을 향해 뛰었다. 그는 지치고 다친 몸으로도 쉬지 않고 뛰었다.

'내가 빌케르에게 도움을 받을 줄이야.'

기분이 묘했다. 우습게 여기던 존재에게 도움을 받았다. 늑대가 토끼 덕분에 목숨을 건진 격이다.

'나보고 도망가라고?'

크리카가 설원을 쳐다봤다. 그는 별을 보고 방향을 읽었다. 주둔지로 돌아가는 동쪽을 보며 한참이나 머뭇거렸다.

"결코 죽음이 두려워서가 아니야. 날 구해줬기 때문에 네 말에 따르는 거다."

크리카는 주둔지 방향으로 가지 않았다. 그가 천천히 고개를 들어서 남쪽으로 걸었다.

"……나도 제국으로 간다."

크리카는 북부에서 나고 자랐다. 다른 삶을 생각해 본 적이 없었다. 울가로의 뜻에 따라 전사로 살며 전사로 죽을 뿐.

전사의 길은 북부인 사내를 옭아매는 속박이다. 크리카는 처음으로 그 속박에서 해방된 느낌이었다. 북부전사들은 서로를 감시하면서 용맹하지 않은 자를 경멸한다. 지금 크리카 곁에는 아무도 없었고, 그가 전사의 삶을 살지 않는다고 경멸할 자도 없었다.

'한번 내 눈으로 직접 봐주지, 내 적들을.'

크리카는 제국과 태양교를 증오했다. 하지만 그건 물려받은 증오였다. 그가 성장할 때, 북부는 제국치하에서 번영을 누렸다. 부족한 자원은 문명인과 거래를 통해 얻었으며, 씨족간의 싸움과 전쟁이 없었기에 인구도 폭발적으로 증가했다.

수많은 북부인이 태양교에 홀렸고, 적들의 문화와 기술을 받아들였다. 그런 데는 분명 이유가 있을 터였다.

"후욱."

크리카는 숨을 뱉으며 걷히는 어둠을 바라봤다. 동쪽에서 해가 밝아오고 있었다.

'태양.'

태양신 루는 인격신이 아니다. 인간이 아닌 자연물이기에 민족과 국가를 넘어서 크게 번성했다. 태양은 어느 세계에서나 귀한 대접을 받는 상징이었다.

"울가로?"

크리카가 설원의 끄트머리를 바라봤다. 무언가가 흔들거렸다. 태양빛에 걷혀가는 그림자가 흔들리며 마치 날개투구를 쓴 전사가 걸어오는 듯했다.

욱신.

크리카는 가슴을 붙잡으며 눈을 깜빡였다. 자세히 보니 투구를 쓴 북부전사들이었다. 그들은 크리카를 발견하고는 접근했다.

"크리카, 혼자 탈출하는 데 성공한 건가?"

수염과 머리카락을 길게 기른 전사가 말했다. 투구 밑으로 드러난 눈동자는 얼어붙은 호수처럼 서늘했다.

'붉은 수염 잉가.'

크리카는 식은땀을 흘렸다.

붉은 수염 잉가는 주둔지에 모인 북부전사 중에서도 꽤 이름 있는 전사였다. 싸움을 할 때면 적의 피로 수염이 물든다고 해서 붉은 수염이라 불렸다.

잉가 뒤에는 전사 스무 명이 있었다. 잉가와 무리 지어 행동하는 형제단이었다. 잉가 형제단은 북부에서도 제법 악명이 높은 도적단이자 전사단이었다.

"그렇습니다."

크리카가 고개를 끄덕였다. 그는 죽을지도 모른다는 생각을 했다.

"뭐, 너도 최선을 다했겠지. 그 꼴을 보니 알겠다. 날 돕는다면 다른 전사들을 설득해 빌케르 님을 놓친 처벌을 피하게 해주지. 공을 세워라, 크리카."

잉가가 크리카의 어깨를 두드리며 말했다.

'울가로께서 날 보내주지 않는군.'

크리카가 남쪽을 바라보다가 피식 웃었다. 운명은 크리카의 결단과 의지를 부쉈다. 울가로는 그를 놓아주지 않았다.

"빌케르 님은 적들과 동행 중입니다. 제가 도망가고 나서 놈들이 바로 이동했다면 지금쯤 하루 거리겠죠."

크리카는 자신이 아는 정보를 말했다. 유릭 일행의 숫자와 전투력들을 들은 잉가가 고개를 끄덕였다.

"루를 믿는 배교자들과 먼저 접촉했다니, 안타까울 따름이로군. 동맹을 맺지 못하더라도 어쩔 수 없지. 빌케르 님을 구하는 게 먼저다."

잉가가 다른 전사들을 재촉했다. 그들은 꺾인 나뭇가지와 야영지의 흔적을 보며 유릭 일행을 쫓았다.

"빌케르 님을 구한다라……."

크리카가 중얼거렸다.

크리카의 혼잣말을 들은 잉가가 수염을 쓰다듬으며 고개를 돌렸다.

"무슨 문제라도 있나? 크리카? 팔 하나가 부러졌다고 못 싸운다고 징징거리진 않겠지?"

"아무것도 아닙니다."

"빌케르 님은 미요른의 후예다. 위대한 혈통은 어느 순간에 각성하곤 하지. 빌케르 님도 자신의 사명을 각성할 날이 올 거다."

크리카는 빌케르가 태양신자라는 걸 말하지 않았다.

'이게 최소한의 의리인 거다.'

크리카가 스스로에게 다독였다.

잉가 형제단은 빌케르를 구하기 위해 강행군을 했다. 거리가 가까워졌다는 게 보였다. 이동의 흔적이 많이 남아 있었다.

'이게 과연 빌케르를 구하는 행동일까?'

크리카는 알고 있다. 어느 쪽도 빌케르가 원하는 구원이 아니다.

"덩치가 큰 놈, 유릭은 조심해라. 거인 요르칸을 죽였다면 보통내기가 아닐 거다."

잉가가 전사들에게 말했다. 잉가도 거인 요르칸을 본 적이 있었다.

'요르칸은 엄청난 힘을 가진 전사였어.'

날고 기는 전사들도 요르칸의 일격에 짓눌려 여럿 죽었다.

'그 명성은 이 붉은 수염이 가져가주지.'

잉가가 수염과 머리카락을 기르는 까닭도 자신의 이름을 널리 알리기 위해서였다. 개성적인 별명이 있는 것과 없는 것의 차이는 크다. 아무리 강한 전사라도 별명이나 유명세가 없으면 무명전사일 뿐이다.

북부전사들은 명망이 높은 전사를 따른다. 유릭을 죽인다면 잉가의 명성은 더 올라갈 것이고, 더 많은 전사가 그의 소집에 응할 터다.

원래라면 서부전사들이 누군가에게 따라잡히는 경우는 드물다. 그들은 모두 준족이며 문명인에 비해 두 배 이상의 거리를 뛰고 달렸다. 체구가 큰 북부인과 비교해도 호리호리한 체격 때문에 훨씬 많은 거리를 이동했다.

'하지만 여긴 북부다.'

유릭은 무거운 다리를 툭툭 두드렸다.

계절은 겨울이었고 해는 빨리 저물었다. 이런 때에 설원에서 강행군을 했다간 싸우기도 전에 지친다.

'바깥에 서 있는 것만으로도 체력을 앗아가는 날씨야.'

유릭은 왔던 길을 되돌아봤다. 아무것도 보이지 않았다. 하지만 불안감이 일었다. 오랜 경험으로 축적된 직관은 예지에 가까웠다.

'무언가가 온다.'

유릭은 설원을 쓸어 넘기는 바람 냄새에서 적의를 느꼈다. 그는 자신의 기이한 직감을 믿었다.

"게오르크!"

유릭이 게오르크를 불렀다. 게오르크가 피로에 절은 얼굴을 들어 올렸다.

"일이라도 시킬 셈입니까? 저도 피곤해서 죽을 지경이라고요."

"아니, 빌케르와 함께 말을 타고 먼저 가라. 아무래도 뒤통수가 간질간질한 게 오늘 내로 한바탕 붙을 것 같아."

"빌케르랑 저랑 둘이서요?"

"빌케르는 도망가지 않을 거야. 걱정 마. 루의 신자가 울가로의 전사들 옆에 있어봐야 미래가 없다는 걸 빌케르 본인도 알거야."

"저는 무슨 일이 생기면 빌케르를 버리고 도망갈 겁니다. 전제 목숨이 더 중하니까요."

"말을 타고 내일이면 합류지점에 도착할 거다. 그사이에 무슨 일이 생기면 어쩔 수 없는 거지."

유릭은 결단을 내렸다.

'이미 형제를 충분히 많이 잃었어.'

추격대가 몇 명인지는 몰라도 저번보다는 많을 터다. 저번과 비슷한 숫자라도 이번에는 승산을 장담하기 힘들다.

유릭은 빌케르와 게오르크를 먼저 보내고는 모닥불을 피웠다. 유릭과 전사들은 든든하게 식사를 하고 모닥불 옆에서 몸을 녹였다.

"유릭, 주술사를 해도 되겠어? 어떻게 놈들이 오는 걸 딱 맞힌 거야?"

저 멀리 북부전사들이 보였다. 유릭의 예상대로 크리카가 저들을 이끌고 왔다.

"언제나 최악의 경우를 생각하며 사는 거지. 그게 살아남는 방법이다."

유릭이 모닥불 가까이 손을 대며 말했다. 그는 손을 충분히 녹였다. 손가락의 움직임은 전사에게 몹시 중요하다. 손이 얼어붙으면 제아무리 대단한 전사라도 제 기량을 발휘하지 못한다.

"대단하군! 우리를 기다리고 싸울 생각부터 한 건가?"

붉은 수염 잉가가 모닥불을 피우며 쉬고 있는 유릭 일행을 바라봤다.

'이거 곤란하군. 지쳐 있는 모습을 기대했는데 충분한 휴식을 취하면서 우리를 기다리고 있었어.'

유릭과 전사들은 빌케르와 게오르크를 먼저 보낸 뒤에 그 자리에서 바로 휴식을 취했다. 그들은 잘 먹고 푹 쉬었으나, 밤새 걸어온 잉가 형제단은 꽤나 지쳐 있는 상태였다.

'숫자로는 우리가 앞서지만 승산을 장담하기 힘들다.'

잉가가 무기를 뽑으며 천천히 접근했다. 유릭과 전사들도 하나둘씩 무기를 뽑으며 모닥불 주변에서 일어섰다.

"잉가, 저들은 몸을 충분히 녹인 상태요. 이대로 싸운다면 불리할 거요."

경험 많은 전사가 잉가 옆에서 조언했다.

"숫자론 우리가 앞서니까 반반이다."

잉가가 전사들을 독려했다. 그 옆에 있던 크리카가 이맛살을 찌푸리더니 유릭 일행을 응시했다.

"빌케르 님이 보이지 않습니다. 말도 없고요."

크리카의 말에 잉가의 눈동자가 휙 돌아갔다.

"저 교활한 놈들이…… 따로 빼돌린 건가?"

크리카는 속으로 안도했다.

'내가 안도해? 빌케르가 이 자리에 없어서?'

빌케르가 없다는 걸 알게 된 잉가와 전사들은 당황했다.

"빌케르 님도 없는데 우리가 싸울 이유는 없지."

전사들은 회의적인 반응을 보였다.

"저기에는 거인을 죽인 유력이 있다. 싸워 이긴다면 그 명성도 우리의 것이 될 터!"

잉가가 칼을 뽑으며 외쳤다.

"그 명성을 가져가는 건 너잖아, 잉가. 우리의 영광은 여기에 있지 않아."

"싸우겠다면 나는 빠지겠소. 난 애초에 미요른의 후손을 위해서 당신의 소집에 응한 거요."

잉가와 오랫동안 함께한 전사들은 의리로 싸워주겠지만, 근래 합류한 전사들은 싸우지 않겠다는 의사를 밝혔다.

"명성을 탐한다면 결투를 벌이면 되겠군. 붉은 수염 잉가! 우리가 공증인이 되겠네!"

누군가 결투라는 말을 꺼냈다.

'빌어먹을 놈들이.'

이런 상황에서 뒤로 뺀다면 붉은 수염 잉가의 명성은 땅바닥에 처박힐 터다. 북부전사라면 합당한 이유 없이는 싸움을 피하지 않는다. 싸움을 피하는 순간 머저리 낙인이 찍힌다.

"잉가! 잉가!"

전사들이 잉가의 이름을 외쳤다.

크리카는 잉가의 뒷모습을 바라봤다. 잉가는 어쩔 수 없이 손을 들며 앞으로 나가고 있었다.

'괜히 명성 이야기를 꺼냈다가 자기 꾀에 빠졌군, 잉가.'

잉가는 유릭의 명성을 탐했고, 그 대가로 결투를 얻었다.

"나는 붉은 수염 잉가다! 내 형제들을 대신해 여기에 섰다!"

잉가가 우렁차게 외쳤다. 그가 칼을 높게 들어 올리며 함성을 끌어냈다.

"뭐야? 결투를 하자는 건가?"

유릭은 잉가가 혼자서 앞으로 나온 걸 보며 고개를 갸웃했다. 그도 성큼성큼 걸어서 잉가의 이목구비가 뚜렷하게 보일 정도로 가까이 갔다.

"바위도끼의 유릭이다. 빌케르는 이미 먼저 보냈어. 나와 싸운다 해서 얻을 건 없을 거다. 무의미한 싸움을 할 셈인가?"

유릭이 도끼와 칼을 하나씩 뽑았다.

'강하다. 무기를 뽑는 손놀림만 봐도 얼마나 숙련된 전사인지 느껴져.'

잉가는 자신보다 어린 유릭을 보고 긴장했다. 산전수전 다

겪은 전사에게서나 풍기는 묵직한 여유가 유릭에게 있었다.

"빌케르 님은 이미 놓쳤지만 네 명성은 아직 여기에 있지. 그 목을 내놓아라, 유릭."

"부질없군."

유릭이 중얼거렸다. 그가 따뜻하게 데워진 손가락을 하나씩 접었다. 굵은 손가락들이 거미다리처럼 유연하게 움직였다.

"······하지만 그 부질없음이야말로 우리들의 본질이지. 죽어서 가져갈 명성과 영광을 위해 현세의 삶을 내던지는 불나방들."

유릭이 웃었다. 유릭과 잉가의 이름을 부르는 사내들의 목소리가 설원에 퍼져 갔다.

애초의 목적도 잊어버린 채로, 멍청하고도 어리석은 싸움을 하는 두 사내가 무기를 들고 서로를 바라봤다.

전사의 삶은 약탈이요, 전투다. 그러다 누군가의 손에 죽는 게 전사의 운명.

"울가로여, 날 지켜봐 주시오."

잉가가 중얼거리며 칼을 굳게 잡았다. 그의 동공 깊숙한 곳에서 빛이 흘러나왔다.

'영광이여.'

잉가는 명성을 갈구했다. 북부 전역에 이름을 떨칠 정도로 위대한 명성.

전사는 사람을 죽인 만큼 성장한다. 그건 부정할 수 없는 사실이다. 아무리 고귀한 뜻을 지니고 있더라도, 결국 전사는 살인을 업으로 삼는 직업. 타인의 피를 마신 만큼 힘을 얻고 강해진다.

이름 높은 전사의 밑에는 무수히 많은 전사가 쓰러져 있다. 피를 흘리지 않고서는 명성도 없다.

캉!

잉가가 칼과 방패를 부딪치며 소리를 냈다. 유릭도 도끼와 칼을 교차하며 빙글빙글 돌렸다.

'이자에게 이기면 나는 거인 요르칸을 죽인 명성을 얻는다.'

잉가의 눈동자에는 열의가 치솟았다. 그가 이를 드러내며 미소를 지었다.

쿵!

유릭이 도끼를 휘둘렀고, 잉가가 방패를 들어서 첫 일격을 막았다.

'묵직하다. 방패의 결이 갈라졌어.'

도끼인데도 망치를 휘두른 것 같았다. 잉가는 저린 팔을 내리며 칼을 휘둘렀다.

칼과 칼이 부딪히며 금속성이 났다. 두 사람의 칼은 착 달라붙더니 힘겨루기로 들어갔다.

'……힘으론 안 돼.'

잉가는 빠르게 판단했다. 칼을 맞대고 미는 순간 힘의 격차가 느껴졌다. 상대는 덩치가 아깝지 않은 괴력을 가진 전사였다. 거인 요르칸을 이긴 이유가 있었다.

붉은 수염이라는 별명은 마냥 과장이 아니었다. 잉가는 유릭의 공격에 대응하며 몇 차례 버텨냈다.

휙!

유릭이 한 걸음 뒤로 물러나며 도끼를 던졌다. 뻔한 공격인지라 잉가는 옆으로 몸을 기울여 도끼를 피했다.

'바로 공격이 올 줄 알았지. 이걸 막아내면 내가 반격할 차례다.'

도끼를 피한 잉가는 칼과 방패를 교차시키며 방어자세를 취했다.

유릭은 양손으로 칼을 잡고 높게 들어 올렸다. 인간의 가장 원초적인 공격방법인 대각선 베기였다. 인간의 근력을 가장 많이 실을 수 있는 일격. 기사검술에서는 올빼미의 분노라고 불리는 필살일격이다.

콰- 직!

유릭이 칼을 힘껏 내려쳤다. 강철검은 유릭의 힘을 충분히 견뎠다.

우직!

잉가는 칼과 방패를 교차시키며 방어를 했다. 칼과 방패가 부딪치는 순간 잉가는 방어에 성공했다고 생각했다.

하지만 힘에서 밀린 잉가의 팔이 밑으로 내려앉았다.

"아?"

잉가가 정수리에서 흐르는 뜨뜻한 핏물을 느꼈다. 머리가 뜨거웠다.

유릭의 일격은 잉가의 방어를 통째로 밀어내고 정수리까지 갈랐다. 이마까지 박힌 칼날을 타고 핏물이 뚝뚝 떨어졌다.

쩌어어억!

유릭이 잉가를 발로 걷어차며 밀어냈다. 칼날에 막혔던 상처가 더 크게 벌어지면서 붉은 뇌수가 와장창 쏟아졌다.

"우아아아아!"

유릭의 뒤편에서 전사들이 함성을 질렀다. 북부전사들에게 덤비려면 덤벼보라는 도발이었다.

대장이 당한 북부전사들은 어깨를 으쓱하며 자기네들끼리 뭐라 떠들었다.

"잉가가 당했군. 어차피 빌케르 님을 쫓아가긴 글렀어. 혹시라도 잉가의 복수를 하고 싶은 사람이 있나? 형제나 동향사람 말이야."

전사들이 고개를 저었다. 그들의 유릭의 힘과 기술을 똑똑히 봤다.

'비등비등하게 싸워 이긴 게 아니야. 잉가가 몇 번을 다시 살아나 덤볐어도 졌을 거다.'

누가 뭐래도 잉가는 지금 모인 전사들의 대장이었다. 잉가보다 강한 전사는 여기에 없었다.

전사들은 눈치를 살피다가 슬금슬금 뒤로 물러났다. 유릭의 전사들이 뒤에서 조롱의 말을 내던졌다.

유릭이 쪼그려 앉아서 죽은 잉가를 바라봤다. 그는 칼날을 눈에 비벼 묻은 피를 닦아냈다.

"네 죽음에 무슨 의미가 있을까?"

Chapter 8

빌케르와 게오르크는 말을 타고 설원을 가로질렀다. 킬리오스는 숨을 헐떡이면서도 뛰는 걸 멈추지 않았다. 사람 둘을 태우고 뛰는 건 말에게도 힘든 일이다. 특히나 빌케르의 몸무게는 만만찮았다.

"조금만 참아라, 킬리오스. 곧 도착할 테니까."

게오르크가 킬리오스의 갈기를 쓰다듬었다. 킬리오스는 유릭이 아끼는 말이다. 행여나 거품을 물고 쓰러지기라도 한다면 유릭이 난리를 피울 터다.

보통 말이라면 지쳐 쓰러졌을 거리에도 킬리오스는 안간힘을 쓰며 내달렸다.

"엉덩이가 아파요."

킬리오스가 들썩일 때마다 빌케르가 움찔하며 말했다.

"시끄러."

백면서생인 게오르크조차 칭얼거리는 빌케르에게 화를 냈다.

'라게릭이 기다리고 있을 거야, 거기까지만 가서 합류하면 돼.'

게오르크는 힐끗힐끗 뒤를 돌아봤다. 쫓아오는 느낌은 없었다.

'유릭은 알아서 하겠지.'

유릭이 죽을 거라는 생각은 들지 않았다. 어디에 던져놔도 어떻게든 살아 돌아올 사내다.

"저기다!"

게오르크가 소리를 질렀다. 저 멀리서 연기가 피어올랐다. 합류지점이 분명했다.

합류지점에는 백여 명이 넘는 전사가 야영지를 꾸리고 있었다. 그들은 말을 타고 접근하는 게오르크를 보고는 무기를 쥐며 일어섰다.

태양전사 라게릭이 앞으로 나오며 게오르크를 마중했다.

"유릭은 어디에 있소? 다른 전사들은?"

"추격이 따라붙어서 우리만 먼저 왔습니다."

라게릭은 다른 태양전사를 불러서 전사들을 이끌고 유릭을 지원하라 말했다. 전사들이 수색진형을 짜서 전진했다.

전사들 대부분이 수색지원으로 빠지고 야영지에 남은 전사는 이십여 명이었다.

"당신이 미요른의 후손 빌케르요?"

라게릭이 따뜻하게 데운 꿀물을 빌케르에게 건네며 말했다. 빌케르는 모닥불 옆에 앉아서 고개를 끄덕였다.

"제가 빌케르입니다. 미요른은 제 외할아버지죠."

빌케르가 고개를 떨구며 꿀물을 찔끔찔끔 마셨다.

라게릭은 잠시 빌케르를 놔두곤 다른 태양전사들과 이야기를 나눴다.

"생각보다 유약하군. 전사 같지 않아."

"정말로 저 소년이 미요른의 후손이라고?"

"유릭이 잘못 보낸 게 아니라면 사실이겠지. 추격이 따라붙었다는 건 저 소년이 진짜라는 소리일 거고."

태양전사들이 수군거렸다. 다른 북부인들은 빌케르 주변을 맴돌며 이런저런 질문을 던졌다.

미요른은 북부인들이 존경하는 전사다. 누가 뭐래도 북부인의 자유를 위해 제국과 맞붙었던 위대한 전사. 종교를 넘어선 선망의 대상이다.

"도저히 미요른의 후손으론 보이지 않는데? 싸움 한 번 안 해봤을 것처럼 생겼어."

"저 뚱보가 우리의 왕이 된다고? 거참."

북부인들이 입을 가리며 속삭였다. 그중에서도 건장한 체격을 가진 북부전사들이 빌케르와 태양전사를 번갈아 바라봤다.

게오르크는 지친 몸을 녹였다. 어쩐지 찜찜했다. 주변에서 떠드는 말들이 불길했다.

'분위기가 묘하군. 빨리 유력이 왔으면 좋겠어.'

북부인은 물론이고 태양전사가 생각했던 미요른의 후손은 저런 소년이 아니었다.

'울가로를 믿는 광신적인 전사도 곤란하지만, 저렇게 패기가 없을 줄이야……'

라게릭이 슬며시 눈을 흘겨 빌케르를 바라봤다. 불안해하는 건 빌케르도 마찬가지였다. 눈을 둘 데가 없어서 땅바닥만 보고 있었다.

"저는 태양전사 라게릭입니다, 빌케르."

라게릭이 빌케르 앞에 앉았다.

태양전사라는 말에 빌케르의 눈이 커졌다. 이름만 들어봤지 태양전사를 실제로 보는 건 처음이었다. 그제야 망토와 갑옷에 새겨진 태양 무늬가 보였다.

"태양전사라면 성직자만큼이나 태양교에 대해 밝다고 들었습니다."

빌케르는 태양전사라는 말에 안심했는지 말투에 안정감이 있었다. 그 반응에 라게릭은 위화감을 느끼며 게오르크를 쳐다봤다.

게오르크가 눈치를 보다가 대답했다.

"빌케르는 태양교 신자입니다."

그 말을 들은 라게릭의 입에서 절로 찬양과 기도가 튀어나왔다.

"루여, 이게 당신의 뜻이었군요!"

미요른의 후손이 태양교 신자였다. 북부인의 왕국을 루가 안배한 게 아니라면 어찌 이런 우연이 있을 수가 있겠는가? 이 자리에 있는 태양전사들이 하나같이 경탄하며 루의 이름을 읊조렸다.

"루께서 우리의 왕국을 준비해 주셨소!"

"빌케르, 당신은 우리의 왕이 되실 겁니다."

태양전사들은 빌케르를 향해 충성을 드러냈다. 그들의 충성은 사실상 루를 향한 것이었다.

태양전사만이 아니라 북부인들도 웅성거렸다. 야영지에 남은 전사들은 합쳐서 이십여 명. 그중에서 태양전사는 네 명에 불과했다.

라게릭은 빌케르가 안심하도록 이런저런 말을 걸어줬다. 루의 가르침에 대해 말하자, 빌케르도 안심이 되는지 고개를 끄덕였다. 빌케르의 표정이 점점 밝아졌다.

'빌케르는 독실한 신자다. 아직 나이도 어리니 잘 가르치면 성군이 될 수도 있어.'

라게릭은 속으로 다짐했다. 빌케르의 후원자가 되어 그를 이끌어줄 생각이었다. 루의 가르침에 따르는 성군. 루의 가르침을 이 땅에서 실현하는 왕.

라게릭은 빌케르의 눈에서 북부인 왕국의 미래를 보았다.

"빌케르, 긴장하지 않으셔도 됩니다. 여긴 모두 당신을 지키기 위한 루의 신자들이니까요."

라게릭이 포근하게 말했다. 빌케르도 머리를 들어서 주변을 쳐다봤다. 태양전사들이 호의적인 눈으로 그를 보고 있었다.

"아이고, 이제 좀 살겠네. 제기랄."

게오르크가 따뜻한 음식을 허겁지겁 먹고는 배를 두드렸다. 그는 나뭇가지를 꺾어서 이쑤시개로 썼다.

'이제 유릭만 돌아오면 되는데, 별일은 없겠지?'

게오르크는 걱정을 삼켰다. 유릭이 죽어버리면 게오르크는 끈 잡을 곳도 없는 신세로 전락한다.

'내 출세와 부귀는 유릭에게 달렸어.'

게오르크는 다른 문명인들처럼 유릭을 떠나지 않았다. 개인적인 의리보다도 유릭 옆에 있으면 앞으로 챙길 게 더 많을 거라는 판단 때문이다.

'유릭은 뭐라도 될 양반이다.'

게오르크는 주변을 둘러봤다. 그는 평생을 노예로 지냈기에 남들의 눈치를 잘 보는 편이었다.

'뭔가 좀 이상해. 영 마음이 불안하다니까.'

게오르크는 야영지 구석에 모인 북부인들을 바라봤다. 그들은 빌케르를 보며 뭐라 떠들고 있었다. 빌케르에 대한 험담일 거라 추측되지만 자세한 건 들어봐야 알 일이다.

게오르크가 은근슬쩍 북부인 무리 옆을 스쳐 갔다. 그 순간 대화가 멈췄다. 게오르크는 가슴이 서늘해지는 걸 느꼈다. 그를 쳐다보는 북부인의 눈동자가 예사롭지 않았다.

한편, 모닥불 옆에서 라게릭과 빌케르는 함께 이야기를 하며 식사를 했다.

"이걸 드리겠습니다. 태양교 신자라면 가지고 있어야 할 물건이죠."

라게릭은 자신이 차고 있던 태양 목걸이를 빌케르에게 넘겼다. 은으로 만든 태양 장식은 상당히 정교했다.

"감사합니다, 라게릭 경."

빌케르가 태양 목걸이를 목에 걸었다.

'여기가 내가 있어야 할 곳이야.'

빌케르는 그런 생각이 들었다. 피와 칼을 숭상하는 북부전사들 틈에서는 하루하루가 불안의 연속이었다. 그들은 빌케르에게 강인한 전사의 모습을 끊임없이 요구했었다. 빌케르는 먹는 걸로 불안감을 해소하다시피 했다.

"당신의 존재 자체가 루의 뜻이며 기적입니다. 필요한 게 있으면 제가 뭐든 도와드리겠습니다."

라게릭의 말을 들은 빌케르가 고개를 끄덕이며 환하게 웃었
다.

"드디어 제가 있어야 할 곳을 찾은 것 같습니다."

빌케르는 긴장을 놓았다. 은으로 만든 태양 장식을 매만지
며 안정을 되찾았다.

푸욱.

비현실적인 광경이었다. 빌케르는 눈을 깜빡였다. 눈을 깜
빡일 때마다 그의 동공이 커졌다.

"커, 커억."

눈앞에 있는 라게릭의 목에서 칼날이 튀어나왔다. 빌케르는
비명조차 지르지 못했다.

털썩.

라게릭의 몸이 앞으로 기울었다. 그의 목에 박혔던 칼날이
뒤로 빠졌다. 칼날을 쥔 사람은 지금까지 함께 행동했던 북부
인이었다.

"똑똑히 기억해라, 이것이 울가로의 징벌이다."

북부인이 라게릭의 몸을 걷어차며 말했다. 목이 꿰뚫린 라
게릭은 북부인의 다리를 붙잡았다. 그는 빌케르를 쳐다보며 도
망가라는 듯이 입을 크게 벌렸다.

"미요른의 후손을 확보해라!"

라게릭과 태양전사를 공격한 자들은 같이 있었던 북부전사들이었다. 그들은 태양전사를 비롯해 자신들에게 반대하는 북부전사들을 기습해 죽였다.

열 명에 달하는 울가로의 전사들이 일제히 움직이며 주변을 피로 물들였다. 갑작스러운 배반에는 태양전사들도 속수무책이었다.

"아, 아아."

빌케르는 오줌을 지리며 죽은 라게릭을 바라봤다. 이제야 겨우 마음의 안정을 되찾았다고 생각했는데, 그 마음의 안식처였던 라게릭조차 죽고 말았다.

"따라오시오, 빌케르."

울가로의 전사들이 서늘하게 말하며 빌케르의 뒷덜미를 잡았다.

"게오르크는?"

"눈치채고 말을 타고 도망갔어. 약아빠진 놈 같으니."

전사들은 굳이 게오르크를 쫓지 않았다. 그들에게 게오르크는 잔챙이일 뿐이었다.

"빌케르를 데리고 돌아간다면 우리를 받아주겠군."

"역시 루를 믿는 건 영 아니지, 아무렴."

그들도 처음부터 배신할 생각은 아니었다. 하지만 미요른의 후손이 루를 믿어 유약해진 걸 보니 도저히 참을 수 없었다.

루를 믿고자 했으나, 그들 가슴속에 있는 신은 여전히 울가로였다. 그들은 결단을 내렸고 다시 울가로로 돌아갔다.

크리카는 북부전사들과 마을에 들러 휴식을 취했다. 인구 삼백여 명 정도의 작은 마을이었다. 여관 같은 시설이 없어서 그들은 선술집에서 밤을 지새웠다. 선술집 구석구석에는 술에 취해 꼬꾸라진 사내들이 있었다.

"빌케르 님을 놓쳤으니 골치 아프게 됐어."

"서부의 약탈자들이 왜 빌케르 님을 데려간 걸까?"

"루를 믿는 놈들과 붙어먹었겠지. 서쪽에 가면 태양전사 놈들과 함께 주둔하고 있다더군."

"하? 하다못해 동포의 배신자들과 손을 잡은 건가? 빌어먹을 놈들."

전사들은 시끄럽게 떠들어댔다. 마을 사람들은 그들이 울가로의 전사라는 걸 알아채고는 루에 관한 이야기를 꺼내지 않았다.

지금 같은 시기에 전사들이 무리 지어 다니는 일은 흔했다. 전장을 쫓는 전사들은 어느 진영에 붙어야 할지 고민하며 떠돌아다녔다. 심지어 돈 때문에 제국에 붙는 전사들도 있었다.

'혼란스럽군.'

크리카는 울가로의 전사들 사이에서 컸다. 그의 아버지는 광신적인 북부전사였다.

'미쳐 돌아가고 있어. 울가로를 믿으며 제국의 편에 붙은 전사도 있고, 루를 믿으면서도 북부의 독립을 위해 싸우는 자들도 있지.'

종교적 이념과 실리가 뒤엉키며 북부인들은 제각기 다른 선택과 판단을 했다. 그들을 이어줄 하나의 중심이 없었기 때문이다.

'그래서 빌케르의 존재를 그렇게 갈구한 거지.'

미요른과 같은 영웅이 북부에 필요했다.

"크리카, 한잔하라고. 팔이 부러졌을 때는 술을 마셔야지. 그래야 잠을 푹 잘 수 있다고."

전사들이 가장 어린 크리카에게 술을 권했다. 그들의 경험에서 나온 말이었다. 통증이 가장 극심할 때는 잠을 잘 때다. 낮에는 멀쩡하다가도 밤이면 수년 전에 입은 상처가 쑤시기도 한다.

꿀꺽.

크리카가 술을 마시곤 입가를 닦았다.

"빌케르를 놓쳤기 때문에 벌은 각오해야 할 거다, 크리카. 전사회의에서 네 처우가 결정되겠지."

"끽해야 죽는 것밖에 더 있겠습니까?"

크리카의 말에 전사들이 웃었다.

"네가 미요른의 후손이었다면 좋았을 텐데. 나이도 비슷하고 말이지."

크리카는 용맹한 전사였다. 벌써부터 싹수가 보이는 소년이다. 나이가 어린데도 전사적 기량을 인정받았기에 빌케르의 호위도 맡았다.

"미요른의 후손이라고 딱히 좋은 것 같진 않더군요. 이리저리 납치나 당하잖아요."

"그렇긴 하지. 혹시라도 말이야. 아니다, 이런 말은 미리 하는 게 아니지."

전사들이 서로의 눈치를 보다가 입을 다물었다. 크리카가 의아한 눈으로 그들을 바라봤다.

"뭐가 어찌 됐든 간에 난 아무래도 좋아. 다시 전쟁만 일어난다면 말이지. 제국 놈들을 죄다 썰어주지."

"지랄하네. 네가 썰리지 않으면 다행이지."

"오늘 울가로 곁으로 가고 싶은 모양이야?"

"아니꼬우면 무기랑 방패 들고 뒷마당으로 나와, 새끼야."

전사들이 티격태격하다 주먹질을 해댔다. 한 사람이 주먹으로 피투성이가 돼서야 싸움이 멈췄다. 무기를 들면 진짜로 한명이 죽어야 하기에 이런 식으로 싸움을 끝내는 경우가 대부분이었다.

덜컹.

선술집의 문이 열리면서 찬 기운이 들어왔다. 이렇게 늦은 시각에 손님이 오는 건 드문 일이었다.

시선이 입구로 몰렸다. 열 명 남짓한 사내가 안으로 들어왔다. 안 그래도 좁은 선술집이 꽉 찰 정도였다. 선술집 주인은 곤란한 얼굴로 손님들을 바라봤다.

"자리가 없습니다만."

"아무 데나 앉아서 찬바람만 피할 수 있으면 됐소. 술과 고기나 주시오."

선술집 주인은 금화를 받아 들곤 입을 다물었다.

사내들은 조심스레 선술집 내부를 둘러보더니 사람 하나를 데려왔다. 마지막에 들어온 사람을 보곤 크리카가 눈을 크게 떴다.

'빌케르? 어째서 여기에?'

크리카는 물론이고 같이 있던 북부전사들도 눈을 동그랗게 떴다. 그들도 빌케르를 알아봤다. 방금 선술집에 들어온 사내들은 빌케르를 데리고 있었다.

크리카와 북부전사들에게는 절호의 기회였다. 어찌 된 영문인지 몰라도 놓쳤다고 생각한 빌케르가 여기에 있었다.

'루를 믿는 전사들인가? 빌케르를 왜 이쪽으로 데려온 거지?'

크리카와 북부전사들의 눈동자가 오갔다. 그들은 빠른 결단을 내려야 했다. 빌케르를 데리고 온 자들이 적이라면 여기서 기습하는 편이 훨씬 나았다.

'방금 추운 곳에 있다가 안으로 들어온 자들이다. 긴장을 놓고 나른하게 앉아 있어.'

지금 기습한다면 확실히 이길 수 있었다.

"만약 저들이 울가로를 믿는 북부인이라고 해도, 여기서 죽여 버리면 빌케르를 데려온 공을 우리가 뺏을 수 있잖아? 안 그래? 루를 믿는 놈들이라면 어차피 죽여야 하는 거고. 어찌 됐든 공격하는 게 맞아."

북부전사 중 하나가 이를 활짝 드러내며 말했다. 다른 전사들이 고개를 끄덕였다.

"크리카, 팔을 다쳤다고 싸움에서 빠질 생각은 마라. 여기서 빌케르를 되찾으면 너한테도 큰 이득이니까."

크리카 옆에 있는 전사가 은근슬쩍 손도끼를 크리카에게 넘겼다. 크리카는 손도끼를 붙잡으며 상황이 벌어지길 기다렸다.

콰직!

탁자를 걷어차는 데서 싸움이 시작됐다. 크리카와 북부전사들은 빌케르를 데려온 사내들을 기습했다.

"카아아악! 이 개자식들아아아아!"

기습당한 사내들은 고함을 지르며 대응했다. 피가 튀어 선술집 벽면이 붉게 물들었다.

대화를 하며 서로에 대해 알아보기보다 무기부터 휘두르는 게 편했다. 북부인들은 조금만 의심이 가도 무기를 맞대었다.

"전부 죽여 버려-!!"

공격당한 이유 따윈 중요하지 않았다. 빌케르를 데려온 사내들은 자신들을 제외하고는 모조리 공격했다. 무고한 마을 주민조차 전투에 휘말려서 칼에 찔렸다.

작은 마을에는 전사 집단을 막을 자경단 따윈 없었다. 선술집은 단숨에 전쟁터로 변했다.

"크리카! 빌케르를 확보해라!"

크리카는 아무래도 한쪽 팔을 다친 터라 전면전에 나서기 힘들었다. 그는 선술집의 2층 난간으로 뛰어올라서 빌케르를 응시했다.

"역시 빌케르를 노리는 건가! 이 자식들-!! 우리도 울가로의 전사다!"

"사이좋게 자기소개 하기는 늦었어! 빌케르 님은 우리가 가져간다!"

칼이 부딪친다. 비명이 퍼졌다.

크리카는 중심에서 보호를 받고 있는 빌케르를 바라봤다.

"빌케르! 사내답게 굴어! 이쪽으로 와라!"

하지만 빌케르는 반응이 없었다. 크리카가 혀를 차며 빌케르 옆으로 뛰어내렸다.

콰직!

크리카가 착지하면서 도끼로 적의 머리통을 찍었다. 그는 한 팔로도 용맹하게 적들과 맞섰다. 목숨을 아까워하며 주저하지 않았다. 소년의 용맹함은 주변의 전사들도 똑똑히 봤다.

"빌케르!"

적들을 걷어낸 크리카가 빌케르를 힐끗 바라봤다.

'도대체 빌케르에게 무슨 일이 있었던 거지?'

빌케르의 동공에는 초점이 없었다. 뭐라 중얼거리며 이를 딱딱 떨어댔다. 정신적 충격을 많이 받은 듯했다.

"또, 또 죽어 나가."

빌케르가 그리 말했다.

'나 때문에 사람이 또 죽어. 계속 죽어 나가.'

주변을 둘러봐도 죽음과 죽음뿐이었다. 빌케르를 둘러싼 이해관계는 죽음만 불러왔다.

"네, 네 말이 맞았어, 크리카. 내, 내 존재 자체가 죄악이야."

빌케르가 주저앉아 머리를 감싸며 비명을 질렀다. 크리카는 빌케르의 뒷덜미를 붙잡고 안전한 곳으로 이동했다.

이기고 살아남은 건 크리카와 전사들이었다. 그들은 사내들 손에서 빌케르를 뺏는 데 성공했다.

"이걸로 걱정을 덜었군. 빌케르 님을 구했어."

전사들이 피에 젖은 얼굴로 활짝 웃었다. 그들은 승리를 자축하며 피비린내 나는 선술집에서 나왔다.

"으, 으으아아."

빌케르는 죽은 사람들을 보며 좌절했다. 전사들은 별거 아니라는 듯이 빌케르 앞에서 웃었다.

"익숙해질 겁니다, 빌케르 님. 이참에 첫 살인을 여기서 해버리지요? 마을 사람 하나를 끌어와서……."

피를 봐서 흥분한 전사들이 마을을 약탈할 기세로 떠들어댔다.

크리카는 빌케르의 상태가 심상치 않음을 알았다. 그는 그 누구보다 빌케르와 오래 생활한 호위였다.

"그보다 빌케르 님을 주둔지로 데려가는 게 먼저입니다."

크리카가 빌케르를 부축하며 말했다. 전사들이 흥분을 가라앉히고 마을을 떴다.

"빌케르, 정신 똑바로 차려."

크리카가 한 손으로 빌케르의 어깨를 세게 붙잡았다. 빌케르가 통증 때문에 고개를 들었다.

"크, 크리카. 나, 나는……."

"무슨 일이 있었는지부터 내게 말해."

크리카가 물주머니를 건넸다. 빌케르가 물을 마시곤 더듬거리며 입을 열었다.

"나 때문에 전부 죽었어. 라게릭도 죽고 말았어."

"라게릭?"

"태양전사였어, 내게 잘 대해줬지. 그런데……."

빌케르는 있었던 일을 하나씩 말했다. 크리카가 고개를 끄덕였다.

'빌케르가 태양교를 믿고 있다는 걸 여러 사람이 알게 됐다. 소문이 퍼지는 건 시간문제야.'

미요른의 후손이 태양교를 믿고 있다. 이 사실을 울가로의 전사들이 알게 된다면? 유쾌한 일이 벌어지진 않을 것이다.

"빌케르, 내가 널 도망가게 해주마. 울가로께 맹세코."

크리카가 속삭였다. 루의 신자를 구하기 위해 울가로께 맹세했다. 웃기는 일이었지만 크리카는 진심이었다. 빌케르는 크리카를 한 번 구해준 적이 있었다.

'빚을 졌으면 갚아야 한다.'

크리카는 우직한 전사였다. 핑계를 대며 요령 따윈 부리지 않았다.

전사들은 안심하고 있었다. 이제 빌케르를 데리고 돌아가면 큰 보상을 받을 터였다. 그들은 설원을 걷다가 적당한 쉼터가 나오면 야영하길 반복했다.

"크리카, 불침번이다."

크리카가 잠을 자다가 눈을 떴다. 불침번은 2인 1조다. 부상자라도 죽을 정도만 아니면 경계를 서야 했다.

"하암, 졸리군. 크리카, 너 잘하면 출세하겠어. 빌케르의 전속호위잖아. 친해져서 빌케르가 왕이 되면 네가 나중에 권력의 중심에 설지도?"

"허수아비 왕이 될걸? 그건 전부 다 아는 사실이잖아. 그 호위인 내게 무슨 부귀영화가 있겠어?"

크리카가 냉소적으로 대답했다. 그 말을 들은 전사도 낮게 웃었다.

"어린놈이 통찰력이 있네. 죽지 마라, 크리카. 넌 크게 될 놈이야."

크리카는 대답하지 않고 뒤를 바라봤다. 야영지는 조용했다. 고된 일정에 전사들은 새근새근 깊게 잠들어 있었다.

"저기 뭐가 있는 것 같은데?"

크리카가 어둠을 가리키며 말했다. 같이 불침번을 서는 전사가 고개를 갸웃했다.

"뭐가?"

"난 팔이 다쳤잖아. 댁이 가봐."

"부상을 입은 게 자랑이라고, 참나."

전사가 투덜거리면서도 앞으로 걸어갔다.

'목구멍을 정확히 찔러야 된다.'

크리카가 단도를 꺼냈다. 그는 살금살금 전사의 뒤로 접근했다. 단도를 쥔 손을 잽싸게 휘둘렀다.

푹.

전사는 목이 꿰뚫린 채로 쓰러졌다. 크리카는 발로 전사의
입을 짓밟으며 조용히 마무리했다.

"이렇게 된 건 유감이야. 개인적인 감정은 없어."

크리카가 중얼거렸다. 그는 자고 있는 빌케르를 흔들어 깨
웠다.

빌케르가 끈적끈적한 눈을 떴다. 야영 내내 눈물이 마를 날
이 없었다. 그의 눈가가 퉁퉁 불어 있었다.

"쉿."

크리카가 빌케르의 입을 막으며 그가 정신을 차릴 때까지
기다렸다.

"정신을 차렸으면 고개를 끄덕여."

빌케르가 눈을 크게 떴다. 그는 저쪽에 죽어 있는 전사를
보며 이맛살을 찌푸렸다.

'또 사람이 죽었어. 이것도 나 때문이야.'

빌케르를 탈출시키기 위해서 크리카는 살인을 저질렀다. 빌
케르는 그게 자신의 죄인 것처럼 고통스러웠다.

크리카와 빌케르는 조용히 야영지에서 멀어졌다. 그들은 왔
던 길을 되돌아갔다.

'빌케르는 루를 믿는 북부인들 패거리 속에 있는 게 나아.

울가로의 전사들 곁에서는 견디지 못할 거야.'

크리카는 빌케르를 루의 신자들에게 데려다줄 생각이었다.

빌케르는 다리가 아팠지만 투덜거리지 않았다. 팔이 부러진 크리카도 묵묵히 걷고 있었다.

"나 때문에 사람이 계속 죽어가고 있어."

"잘 알고 있군. 당연히 너 때문이지."

크리카는 부정하지 않았다. 빌케르가 조금만 더 결단력이 있고 전사적 기질이 있었다면 일이 이 지경에 이르지 않았을 터다.

빌케르는 초췌했다. 심적 고통은 물론이고 제대로 먹지도 못해 살도 쭉쭉 빠지고 있었다.

"루든 울가로든 이젠 상관없어……. 이건 의미 없이 죽는 거라고. 라게릭도 죽을 이유가 없었어."

빌케르가 울먹이며 말했다.

크리카는 한참이나 입을 다물고 있었다. 며칠 전이라면 그는 빌케르의 말에 호통을 쳤을 터다. 하지만 지금은 달랐다. 자기파멸적인 북부전사들의 행동에 크리카도 질려 버렸다.

"그래, 우리끼리 싸우는 건 의미가 없어. 그것만큼은 네 말이 맞아."

코앞의 먹이를 두고 다투며 자기네들끼리 물어 죽이는 늑대 꼴이었다. 수풀 너머에서 곰이 기다리고 있는데도 말이다.

Chapter 9

빌케르는 어머니와 단둘이서 산나물을 캐며 생활했었다. 전쟁과 사냥에 축복을 내리는 울가로는 모자에게 아무런 도움도 되지 않았다. 자연스레 모자는 새로이 등장한 루에 마음을 기댔다. 싸우지 않아도 평온한 내세를 약속한 태양신 루는 전사가 아닌 북부인들에게 구원이나 다름없었다.

'어머니는 내가 미요른의 손자라고 말해주지 않았어.'

당연한 일이었다. 미요른의 혈통은 제국에게 가시 같은 존재였다. 실제로도 미요른의 자식과 손자들이 제국군에게 붙잡혀 처형당한 사례가 여럿 있었다.

'날 전사로 키우지도 않았지.'

그의 어머니는 빌케르를 다른 전사에게 맡기지도 않았다.

빌케르의 성품이 전사와 맞지 않다는 걸 일찌감치 알아챈 것이었다.

빌케르가 크리카와 걸으며 자신의 이야기를 터놓았다.

"그렇게 보고 싶으면 어머니를 만나러 가면 되잖아."

크리카가 숨을 내뱉었다. 새하얀 입김이 피어올랐다.

"이미 돌아가셨을 거야. 내가 떠날 즈음에는 역병이 얼굴까지 올라왔어."

빌케르가 눈가를 비볐다. 크리카는 감자가루를 뭉쳐 만든 떡을 꺼냈다.

"좀 먹어둬. 기력이 날 거다."

음식을 보자 빌케르는 식욕이 돋았다. 감자의 미미한 단맛이 그렇게나 달게 느껴졌다.

크리카는 빌케르가 떡을 먹는 동안 나무에 기대 휴식을 취했다. 그는 몸이 뜨거운 걸 느꼈다.

'큰일이군. 근래 무리해서 몸에 열이 올랐어.'

크리카는 눈을 한 움큼 쥐어 이마를 식혔다. 팔이 부러질 정도로 얻어터지고 나서 제대로 쉬지도 못하고 강행군을 했다.

'어쩌면 나는 여기까지인가.'

크리카는 떡을 먹는 빌케르를 바라봤다.

'저 돼지를 구하고 죽는 게 내 운명인가?'

머리가 어지러웠다. 크리카는 새벽 동이 터오는 걸 바라봤다.

"울가로."

눈을 깜빡였다. 햇빛이 반짝이는 침엽수가 잠시나마 사람처럼 보였다. 날개투구가 눈앞에 아른거렸다.

'이게 내 운명입니까?'

크리카가 고개를 떨어뜨리며 킥킥 웃었다.

"다 먹었으면 출발하자, 빌케르."

크리카가 빌케르를 재촉했다. 아마도 북부전사들이 그들을 쫓고 있을 터다. 사실 이렇게 쉬는 것도 해선 안 될 짓이었다.

비틀.

크리카가 나무를 잡으며 겨우 일어섰다.

"괜찮아?"

"너나 잘해."

크리카가 빌케르의 부축을 거부했다. 그는 눈을 부릅뜨고 앞을 쳐다봤다.

'고작 이렇게 죽기 위해 내가 태어난 건가?'

크리카는 굳은살이 빼곡한 손바닥을 바라봤다.

훌륭한 북부의 전사가 되기 위해서 살아왔다. 무기를 손에서 놓는 날이 없었다. 살이 찢어지고 뼈가 보여도 이를 악물고 참았었다.

'내가 이런 설원에서 이름도 없이 죽으려고 태어났다고?'

악에 받친 크리카가 등을 꼿꼿하게 폈다.

"난 여기서 죽지 않아. 내 영혼은 아직 가져가지 못해. 아직 일러, 이르다고."

크리카가 앞을 바라보며 중얼거렸다. 묘한 광기를 느낀 빌케르는 그에게 말을 걸지 못했다.

한참을 걷고 나서야 빌케르가 입을 열었다.

"크리카."

"왜?"

"우리를 쫓아오고 있어."

"제기랄."

크리카가 뒤를 돌아봤다. 설원에서 하얀 점들이 떠올랐다. 크리카를 쫓아온 북부전사 패거리 십여 명. 자세히 세어보니 열다섯 명이었다.

"크리카아아아! 이 비열한 배신자 새끼야아아아!"

"너도 루에게 넘어갔더냐-!!"

"우리 쪽으로 오시오! 빌케르!"

설원을 쩌렁쩌렁 울리는 전사들의 외침이었다.

"아직 거리는 충분해. 가자, 빌케르."

크리카가 재촉했다. 빌케르는 두근두근 뛰는 심장 때문에 불안해서 견딜 수 없었다.

'더 위험한 건 크리카잖아. 내가 떨 게 아니야.'

빌케르야 중요인물이니 어떻게든 살아남을 것이다. 하지만 크리카는 붙잡힌 순간에 목이 달아나도 이상하지 않다.

"후욱, 후욱."

크리카와 빌케르의 숨이 턱까지 차올랐다. 그들은 꾸역꾸역 발이 파묻히는 설원을 걸었다. 추격자들도 좀처럼 좁혀지지 않는 거리에 짜증을 냈다.

"지금이라도 빌케르 님을 넘기면 목숨은 살려주지! 크리카!"

뒤에서 외치는 소리가 빌케르의 귀까지 닿았다.

"너, 너를 사, 살려준다는데?"

"닥쳐, 머저리야. 살려줄 리가 있겠냐!"

크리카의 일갈에 빌케르는 입을 다물었다.

"하악, 컥. 켁."

빌케르는 숨이 멎을 것만 같았다. 그는 크리카나 북부전사들처럼 평소에 체력을 단련하지 않았다.

'죽을 것 같아.'

빌케르는 입에서 단내가 나는 걸 느꼈다. 심장이 쿵쿵 뛰어서 위장을 후려치는 듯했다. 아까 먹은 감자떡이 목구멍까지 올라왔다.

"이 악다물고 뛰어! 빌케르!"

크리카가 초조하게 외쳤다. 거리는 아직 여유가 있었으나 크리카의 표정은 어두웠다.

쉿!

크리카가 머리를 숙였다. 화살 하나가 그의 머리 위로 지나갔다.

"제기랄, 활을 쏘기 시작했어."

바람이 심한 터라 화살의 정확도는 형편없었다. 오히려 화살을 쐈던 전사가 다른 전사들에게 핀잔을 먹었다.

"이 새끼야! 그러다가 빌케르가 맞으면 어쩌려고?"

"그런데 아무리 봐도 크리카한테 협박당해서 도망가는 건 아닌 듯한데? 혹시 빌케르도……."

"그건 우리가 판단할 일이 아니다. 아가리 다물어. 화살은 더 가까워지면 쏜다."

다행히 화살세례는 멈췄다. 언덕을 넘은 크리카가 눈을 빛냈다.

'호수다.'

아직 얼지 않은 호수가 눈앞에 있었다. 호수는 무척이나 커서 둘러 가면 한참이나 가야 한다.

"빌케르, 저기 낚싯배까지만 뛰어라. 어떻게든."

호숫가에는 어부가 쓰는 낚싯배가 있었다. 저걸 타고 호수를 건너서 반대편 숲까지 가면 도주에 성공할 것 같았다.

빌케르는 구역질을 삼키며 뛰었다.

호숫가에 도착한 그들은 주먹만 한 돌멩이를 들어서 낚싯배 주변의 살얼음을 깨뜨렸다.

"타!"

크리카는 빌케르가 탄 걸 확인하고는 낚싯배를 발로 밀었다. 그러곤 자신도 뛰어올라서 낚싯배에 올라탔다.

"저어!"

빌케르는 손바닥에 가시가 박히는 것도 잊은 채 노를 저었다. 탄력이 붙은 낚싯배가 빠르게 호수를 나아갔다.

"사, 살았어! 살았다고! 크리카!"

거리가 벌어지는 걸 본 빌케르가 소리를 내질렀다. 그가 힘차게 노를 다시 저었다.

우직.

호수의 절반도 가지 못하고 노 하나가 부러졌다. 나무가 썩어서 힘을 견디지 못했다.

"제기랄!"

빌케르와 크리카가 얼굴을 마주 보며 욕설을 내뱉었다. 그들은 남은 노 하나로 어떻게든 저어서 전진했으나 배가 가는 속도가 느릿느릿했다. 남은 노도 부러질까 봐 힘차게 젓지 못했다.

"크리카! 남은 노도 부러질 것 같아."

반대편까지 거리는 얼마 남지 않았다. 빌케르는 노에서 나뭇결이 갈라지는 소리를 들었다. 크리카가 암담한 얼굴로 낚싯배 안을 쳐다보다가 노끈을 발견했다.

"후우, 후우."

갑자기 크리카가 옷을 벗고는 앉았다 일어서길 반복했다. 빌케르가 눈을 동그랗게 떴다.

"무슨 짓을 하려고? 앉아! 화살에 맞을 수도 있어!"

빌케르가 호숫가에서 소리를 지르는 전사들을 보며 입술을 달달 떨었다. 일부 전사들은 호수 외곽을 따라 이동해 쫓아오고 있었다.

"끈을 매고 수영해서 갈 거야. 반대편에서 끌어줄게."

크리카가 노끈 한쪽을 뱃머리에 묶었다. 그는 반대편 끈을 어깨에 짊어지고 심호흡을 크게 했다.

"크리카!"

빌케르가 소리를 질렀다. 벌거벗은 크리카가 차가운 호수 안으로 뛰어들었다. 첨벙하는 소리와 함께 크리카가 가라앉았다.

크리카는 잠시 의식을 잃을 뻔했다. 호수 밑바닥에 있는 어둠이 자신을 끌어당기는 듯했다.

'난 여기서 죽지 않아!'

삶에 대한 열망이 크리카의 몸을 일깨웠다.

'더럽게 차갑네.'

크리카는 수면 위로 고개를 들었다. 정신이 아찔했다. 체온을 데우기 위해서 심장이 터질 듯이 뛰었다. 크리카는 한 손으로 물을 휘저으며 호수를 가로질렀다.

"저, 저 미친놈!"

전사들도 크리카의 행동을 보며 경악했다. 팔도 부러진 놈이 겨울의 호수를 헤엄쳐 가고 있었다.

"카아아아아아악!"

크리카가 비명을 지르며 살얼음 위로 올라왔다. 그는 엉금엉금 기다시피 하며 반대편 호숫가까지 도달했다. 그는 근처 나무에 노끈을 둘러서 묶었다.

"잡아당겨!"

크리카가 소리를 질렀다. 빌케르는 노끈을 잡아서 배를 끌었다. 손아귀가 찢어지든 말든 그게 중요한 게 아니었다.

"카악, 컥. 컥."

크리카가 심장을 붙잡으며 거친 숨을 토했다. 안 그래도 열이 치솟던 몸이었다. 머리는 깨질 것 같았고, 숨을 쉴 때마다 심장이 벌떡였다.

쿵! 쿵!

크리카가 자신의 가슴을 때렸다. 그는 주저앉으며 고통에 신음했다.

"옷부터 입어!"

낚싯배가 크리카가 있는 곳까지 도착했다. 빌케르가 크리카의 옷을 가져왔다.

"후우, 후우, 무기도 꺼내줘."

크리카가 새파란 입술을 달달 떨었다. 옷을 입었는데도 이미 날아간 온기는 돌아오지 않았다.

중간에 노가 부러져서 시간을 제법 끌고 말았다. 발이 빠른 전사 세 명이 벌써 가까이 다가왔다.

'배를 탄 보람도 없군.'

크리카가 눈을 흘기다가 초점이 흐린 걸 느꼈다.

'제길, 눈앞이 캄캄해.'

피가 돌지 않아서 시야가 어둑어둑했다.

"난 널 도망가게 해주겠다고 울가로께 맹세했다. 가라, 빌케르."

크리카가 엉뚱한 방향을 보며 말했다. 그의 동공에는 초점이 없었다.

"널 두고 가지 않아. 필요하다면 같이 싸우겠어."

빌케르는 다루지도 못하는 단도를 천천히 뽑았다.

"헛소리 집어치워. 넌 도움도 안 돼."

"적어도 방패막이라도 되겠지. 우린 같이 갈 거다. 혼자선 안 가."

크리카가 입술을 씰룩였다.

"미친놈. 진작 그렇게 좀 싸우지 그랬어?"

빌케르는 다가오는 전사들을 보며 벌벌 떨었다. 하지만 주저 앉지도 도망가지도 않았다.

"이젠 어떤 신을 믿든 상관없어. 나 때문에 누가 죽는 건 싫어. 하물며 친구는 말할 것도 없지."

빌케르가 공포에 떨면서도 억지로 웃었다. 크리카는 헛웃음을 터뜨렸다.

"난 네 친구가 아니야."

"그럼 오늘부터 친구 하자고."

빌케르는 처음으로 공포에 굴하지 않았다. 짧은 여정 동안 그는 작은 용기의 한 조각을 얻었다. 북부의 전사나 사내들처럼 용맹할 순 없지만, 친구를 버리고 가는 겁쟁이가 되긴 싫었다.

끼릭.

소년들을 쫓아온 전사들이 활을 들었다. 그들은 크리카의 상태가 엉망이라는 걸 알아채고는 화살로 마무리할 셈이었다. 앞도 제대로 못 보는 전사 따윈 화살로 죽이면 그만이다.

퉁.

활시위를 튕기는 소리.

빌케르는 화살이 크리카를 향해 날아온다는 걸 알았다. 그에겐 화살을 쳐 낼 정도의 실력이 없었다.

푹.

모두의 예상을 뒤엎는 일이 일어났다. 화살을 쏜 전사조차 당황했다.

"아?"

크리카는 자신을 뒤덮는 살덩어리를 느꼈다. 뜨뜻한 피가 그의 몸을 녹였다. 아직 시야가 돌아오지 않아서 눈앞이 뿌옇다.

"빌케르?"

크리카가 살덩어리를 매만졌다. 끈적끈적한 액체가 손아귀에 묻어 나왔다. 그 상처를 더듬어 보니 화살이 있었다.

"끄으으."

빌케르가 신음했다. 그의 등에는 화살이 꽂혀 있었다. 생전처음 겪는 끔찍한 고통에 정신이 없었다.

"빌어먹을! 빌케르가 맞았잖아!"

활을 쏘지 않았던 전사가 소리를 질렀다.

"아, 아니. 갑자기 끼어들었다고! 누가 예상했겠어!"

활을 쏜 전사가 변명을 했다. 그는 충분히 안전거리를 확보하고 크리카를 쐈었다.

"닥치고! 빨리 크리카부터 죽여! 빌케르를 치료해야 돼."

"크리카! 네놈의 가죽을 산 채로 벗겨주마! 그 위에 뜨거운 물을 부어주지!"

전사들이 왁자지껄하게 무기를 뽑았다.

크리카는 빌케르를 밀어내며 일어섰다. 그는 한 손으로 도끼를 들어서 흐릿한 눈으로 전사들을 쳐다봤다.

"날 산 채로 잡으려면 네놈들 목을 내놓아야 할 거다, 등신같은 새끼들아."

크리카가 이를 드러내며 말했다. 그러나 전사들은 쉽사리 달려들지 않았다.

"뭐야? 전사라는 놈들이 날 겁내는 거야? 팔 하나 부러진 놈도 무서워서……. 엉?"

빈정거리던 크리카는 뒤에서 인기척을 느끼곤 뒤돌아봤다. 태양을 등진 거구의 사내가 서 있었다. 음영이 드리워진 얼굴에서는 샛노란 광채 한 쌍만이 빛났다.

"빌케르 동생, 죽었어?"

크리카의 뒤에서 나타난 유릭이 쓰러진 빌케르를 발로 툭툭 건어찼다.

"으으."

빌케르는 대답할 힘도 없어 신음만 흘렸다.

"빌케르가 죽으면 너희들도 죽어. 아니, 아무 일 없어도 너흰 여기서 죽어."

유릭이 꼬인 혀로 중얼거렸다. 그는 이틀 동안 잠도 자지 않고 빌케르의 흔적을 쫓아왔다.

상황은 유릭에게 좋지 않았다. 눈앞에 북부전사가 세 명이나 있었다. 호수 변두리를 따라서 뛰어오는 전사는 열 명 남짓. 아무리 유릭이라도 열 명이 넘는 북부전사들에게 둘러싸이면 이길 방도가 없다.

유릭은 시간이 없다는 걸 알았다. 말장난이나 하면서 여유 있게 싸울 때가 아니었다. 그는 다짜고짜 무기를 들어서 북부전사 세 명 사이로 뛰어들었다.

"흡."

유릭이 숨을 삼키며 팔다리를 휘둘렀다. 칼날이 흔들리고, 도끼가 궤적을 그린다.

싸움을 지켜본 크리카는 눈을 크게 떴다. 북부전사들의 팔다리가 땅바닥에 툭툭 떨어졌다.

유릭은 서슴없이 적의 사지를 찢고 머리통을 쪼갰다. 물론 쉬운 일은 아니었다. 전사는 언제나 목숨을 걸며 싸울 뿐이다. 아무리 위대한 전사라도 실수를 하면 죽는다.

"후우."

유릭이 피를 뒤집어쓴 채로 호수 변두리를 따라 달려오는 전사들을 바라봤다. 다행히도 일렬로 시간차를 두고 오고 있었다.

"웃차."

유릭이 죽은 전사들에게서 투척도끼 여러 개를 챙겼다. 북부전사들은 도끼를 선호했고 던지기 좋은 도끼 하나둘 정도는 가지고 다녔다.

휘릭.

유릭이 손아귀에서 도끼를 돌렸다. 무게중심을 가늠해 본 유릭이 달려오는 북부전사들을 바라봤다.

"조금 졸리긴 한데…… 못 하면 오늘 내가 돼지는 거지. 뭐."

유력이 툴툴거리며 웃었다. 그의 손이 번개처럼 빠르게 움직였다.

콰직!

유력이 한 손으로 도끼를 던지며 다른 손으로는 칼을 휘둘렀다. 마치 혼자서만 빠르게 움직이는 듯했다.

도끼를 얻어맞은 북부전사들이 움찔거렸다. 그 틈을 탄 유력은 그들의 목을 베고 심장을 찔렀다.

일렬로 오던 북부전사들이 픽픽 쓰러졌다. 그들의 머리통이 장난감처럼 땅바닥을 뒹굴었다. 워낙 비현실적인 광경인지라 북부전사들도 당황했다.

"흡."

유력이 다시 도끼를 던졌다. 운이 좋게 정수리에 명중해 손을 덜었다.

"공격해! 둘러싸서 죽이라고!"

북부전사들이 뒤늦게 등에서 방패를 뽑았다. 그들은 유력에게 각개격파 당하지 않도록 방어를 하며 유력을 둘러싸려고 했다.

'남은 건 일곱. 둘러싸이면 끝장이다.'

유력이 뒷걸음치며 포위당하지 않도록 신경 썼다. 아까처럼 무방비하게 달려오는 북부전사는 없었다. 묵직한 압박감이 유력을 짓눌렀다.

유릭을 포위한 북부전사들도 유릭에게 압박감을 느끼는 건 마찬가지였다.

'거인을 죽인 유릭이 울가로의 가호를 받고 있다는 소문이 거짓은 아니었나 보군.'

고작 한 명의 전사에게 쓰러진 전사만 다섯이 넘었다. 그것도 순식간에 일어난 일이었다. 전사들이 보기에는 초월적인 존재의 가호 없이는 할 수 없는 짓이었다.

휘릭.

유릭은 고개를 비틀어 날아오는 도끼를 피했다. 적들의 공격이 매서웠다.

'숲으로.'

유릭은 숲 안쪽으로 도망가듯 들어갔다. 북부전사들이 유릭을 놓칠세라 바삐 쫓아갔다.

"유릭이 혼자서 온 거면 죽을 거야. 싸움실력이 대단한 것 같지만……."

크리카가 숲을 바라보며 중얼거렸다. 숲에서 비명이 차례대로 들렸다. 무슨 일이 있는지는 당사자들만 알 뿐이다.

크리카는 빌케르의 상처를 살폈다. 생각보다 화살이 깊게 박혔다. 어쩌면 화살촉이 내장까지 도달했을지도 모른다.

"빌케르, 정신 차려. 의식을 놓으면 진짜 죽어, 멍청아."

크리카가 빌케르의 뺨을 툭툭 쳤다. 빌케르는 혼미한 정신으로 뭐라 중얼거릴 뿐이었다.

부상을 입은 빌케르를 데리고 도망간다 해도 멀리 가지 못한다. 크리카가 살아남을 방법은 숲으로 들어간 유릭이 돌아오는 길뿐이었다.

크리카는 간절히 기도했다. 누구라도 좋았다. 자신의 목숨따윈 얼마든지 내줄 자신이 있었으나, 여기서 빌케르가 죽는 건 싫었다.

'빌케르는 전사가 아니야, 죽을 각오도 없는 애새끼라고. 그런데도 데려갈 셈이야? 루든 울가로든······.'

가련한 빌케르의 영혼을 누가 데려갈지는 아무도 모른다. 단지 그가 육체를 떠나 저 멀리 초월적인 세계로 간다는 것만 어렴풋이 알 뿐.

"나, 나 죽는 거야?"

"화살 하나 맞았다고 안 죽어! 등신아!"

화살 서너 대를 맞고도 살아남는 전사는 부지기수다. 하지만 화살에 스치고도 상처가 덧나 죽는 사람도 허다하다. 싸움의 승패는 인간의 힘으로 어쩔 도리가 있지만, 생사만큼은 인간의 영역을 넘어선 신의 영역이다.

크리카는 응급조치라도 하고 싶었지만, 화살을 뽑는 법은 배우지 못했다. 알더라도 지금 같은 환경에서는 무리일 터다.

"기도해, 빌케르. 널 데려가지 말라고 간절하게."

크리카가 숲을 바라봤다. 다시 병장기가 부딪치는 소리가 났다.

유릭은 커다란 나무를 끼고 싸웠다. 그의 뒤를 받쳐줄 지원 병력은 없었다. 유릭과 함께한 전사들조차 유릭의 추격속도를 따라가지 못하고 뒤처졌다. 밤새 잠도 안 자고 강행군을 하는 유릭을 따라올 자는 없었다.

'다대일로 이렇게 싸우는 건 오랜만이군.'

추억을 되새김질할 때는 아니었다. 한 번의 실수가 죽음으로 이어진다. 유릭이 아무리 강해져도 인간인 이상 여럿을 상대로는 쉽게 이기지는 못한다. 초인도 머리가 잘리고 심장이 찔리면 죽는다.

"흡!"

유릭이 접근하는 북부전사의 팔을 잡아서 나무쪽으로 던졌다. 팔이 빠지면서 나무에 처박힌 북부전사가 신음했다. 유릭은 먹이를 찾은 사마귀처럼 달려들어서 적의 숨통을 끊었다.

"후아아아아!"

유릭이 포효하며 칼을 길게 그었다. 전사의 목이 높게 튀어올랐고, 잘린 목에서 터져 나온 핏물은 나무껍질을 적셨다.

푹.

누군가가 유릭의 팔을 찔렀다. 유릭은 반사적으로 도끼를 휘둘렀다. 그의 도끼날이 적의 두개골을 깨부수며 깊게 박혔다.

'뼈에 닿진 않았어.'

유릭은 상처를 확인하고는 적들의 위치를 재차 확인했다.

쉿.

화살이 유릭의 머리를 노렸다. 유릭이 눈을 크게 뜨고 화살
촉의 점을 바라봤다.

화살을 쏜 북부전사는 유릭의 머리에 맞을 거라 확신했다.
사람인 이상에야 저걸 피할 수가 없었다.

푹.

유릭의 머리에서 피가 튀었다. 북부전사들이 고함을 지르며
유릭에게 달려들었다.

푸욱!

하지만 유릭은 쓰러지지 않았다. 그는 턱 밑으로 피를 뚝뚝
떨어뜨리며 칼을 휘둘렀다. 달려오는 전사의 배를 찌르곤 그
를 방패로 삼았다.

"커어억."

배를 찔린 전사가 인간방패가 되어 질질 끌려다녔다. 유릭
이 걷는 자리로 핏줄기가 길게 이어졌다.

"후욱, 후욱. 카륵, 퉷."

유릭이 입안에 고인 피를 뱉었다. 그의 뺨은 화살에 관통당
해서 피가 줄줄 흘러내렸다. 화살에 맞는 순간에 머리를 비틀
어 죽음만은 면했다.

뿌득.

유릭은 뺨을 관통한 화살을 부러뜨렸다. 그의 뺨에 붉은 점 두 개가 피어올랐다. 숨을 쉴 때마다 구멍 난 뺨에서 피거품이 끓는 소리가 났다.

"죽을 뻔했잖아, 새꺄."

유릭이 화살을 쏜 전사를 향해 외쳤다. 활을 든 전사가 움찔하면서 다시 시위를 매겼다.

'저걸 피해? 괴물 같은 새끼.'

유릭은 나무 뒤로 숨으면서 방패로 삼았던 전사의 목젖을 뗐다. 뜨뜻한 핏물이 유릭의 몸을 적셨다.

"휘유."

싸우면 싸울수록 정신이 맑았다. 이틀을 새운 졸음 따윈 진작이 다 날아갔다.

"도대체……."

북부전사들은 유릭의 전투력에 경악했다. 숲에 따라 들어왔다가 어느새 다섯 명만 남아 있었다.

울가로나 미요른의 재림이라도 해도 믿을 정도였다. 유릭이 전설적인 전사라는 데는 마주한 북부인들조차 이견이 없었다.

"울가로여……."

북부전사들이 중얼거렸다. 유릭은 쓴웃음을 지었다. 문명인이었다면 유릭의 기세와 무용에 겁을 먹고 사기가 꺾였을 터다.

'하지만 이들은 북부인이다. 위대한 전사가 나타나면 스스로 목을 내미는 미친놈들이 허다하지.'

상대가 강하면 강할수록 북부전사들은 더 악착같이 달려든다. 한번 싸움이 벌어지면 후퇴를 모르는 무리들이다.

칼을 휘둘러 한 번에 세 명을 베고, 다섯 명을 베는 건 음유시인의 노랫가락에서나 가능한 일이다. 유릭은 이리저리 상처를 입으며 추하게 땅바닥을 뒹굴었다. 사람을 방패로 쓰고, 달려오는 전사의 눈에 흙을 뿌렸다. 그는 이용할 수 있는 모든 걸 이용해 가면서 악착같이 싸웠다.

유릭은 집요하게 버티면서 한 명씩, 한 명씩 숨통을 끊었다. 전사의 시체만큼 유릭의 몸뚱이도 엉망진창이 되었다.

"당신은 위대한 전사요, 유릭."

하나 남은 전사가 그리 말했다. 유릭은 막 베어낸 목을 땅바닥에 던졌다.

"그런 말을 자주 들었지. 쿨럭."

유릭이 팔과 어깨를 밑으로 늘어뜨렸다. 찢어진 모피외투 사이로 강철흉갑이 드러났다. 흉갑은 찌그러지고 긁힌 부분이 허다했다. 그게 없었다면 진작 치명상을 입어 죽었을 터다.

"오늘 언덕으로 가더라도 부끄러움이 없는 날이로다."

전사가 길게 포효하며 달려들었다. 적이었지만 유릭의 분투에 감정적으로 고양되었다. 그는 죽음의 공포조차 잊은 채로 유릭과 맞서 싸웠다.

캉!

칼이 부딪치면서 유릭이 휘청거렸다. 북부전사가 다리를 길게 뻗으며 유릭의 정강이를 찼다. 중심을 잃은 유릭이 땅바닥을 짚었다.

북부전사가 유릭의 숨통을 노리며 칼을 크게 휘둘렀다. 유릭은 그 큰 덩치로 땅바닥을 잽싸게 뒹굴었다. 유릭은 정신없는 와중에 돌멩이 하나를 발견하곤 냅다 잡아서 던졌다.

퍽!

돌멩이가 전사의 눈에 맞았다. 노린 것이 아니라 순전히 운이었다.

유릭은 그 틈을 놓치지 않고 벌떡 일어났다. 그는 몸무게를 실어서 몸통박치기를 했다. 전사는 뒤로 넘어지면서 칼을 놓쳤다.

"우오오오오-!"

유릭이 표독스레 고함을 내지르며 양손을 모아서 전사의 안면을 내려쳤다.

빠직!

전사의 안면이 와장창 무너졌다. 부러진 이가 유릭의 얼굴까지 튀어 올랐다.

퍽!

유릭은 흥분한 곰처럼 잔혹하게 적의 머리통을 부쉈다.

전사의 사지가 파르르 떨렸다. 바지에서는 지려 버린 오줌과 대변 때문에 뿌연 김이 피어올랐다.

"하악, 하악."

유릭이 시체 옆에 누우며 숨을 헐떡였다. 그는 차가운 하늘을 바라봤다.

"또 이렇게 살아남았군."

중간중간은 기억이 잘 나지 않았다. 그저 광기와 전사의 본능에 모든 걸 맡겼다. 전투를 위해서 단련한 몸은 유릭을 배신하지 않았다.

'빌케르.'

유릭은 화살에 맞은 빌케르를 떠올리며 일어섰다. 그가 비틀거리며 왔던 길을 따라 호숫가로 걸어 나갔다.

"유릭?"

크리카가 피투성이로 나오는 유릭을 보며 기겁했다. 사람의 피를 얼마나 뒤집어썼는지 악귀와도 같은 꼴이었다.

'전부 다 죽인 건가? 혼자서? 북부의 전사를?'

크리카는 말이 나오지 않았다. 당연히 유릭이 혼자서 살아나왔으니 나머진 죽었을 것이다.

"빌케르는?"

유릭은 손가방에서 실과 바늘을 꺼냈다. 그는 찢어진 뺨과 상처를 대충 꿰맸다.

"아직 살아 있어."

"그나저나 넌 누구 편인지? 아까는 정황이 없어서 묻지 못했군. 쫓기는 것 같긴 해서 도와주긴 했지만."

"그 누구의 편도 아니야."

크리카의 말을 들은 유릭이 눈을 가늘게 떴다.

"……일단 불부터 피워. 뜨거운 물이 필요하니 저기 투구를 주워 와서 거기에 물을 담아 데워라. 물론 한 번 헹궈서."

유릭이 명령조로 말했다. 크리카는 두말하지 않고 따랐다. 경험이 많은 전사들은 응급치료를 할 줄 안다. 유릭의 경험이 크리카보다 많은 건 두말할 것도 없다.

'마을까지 가서 제대로 치료하면 좋겠지만 말도 없는 데다가 빌케르도 버티지 못하겠지.'

유릭은 빌케르의 등에 박힌 화살을 바라봤다. 화살이 꽤 깊게 박혔다.

유릭도 상당한 중상이었지만, 그는 경험적으로 자신의 육체가 이 정도로 죽지 않는다는 걸 알고 있었다. 이런 부상 때문에 죽을 것 같으면 오래전에 해골이 되었을 것이다.

"화살촉이 살과 근육을 파먹고 들어갔어. 뽑으면 상당히 아플 거다, 빌케르 동생. 내 말이 들리긴 해?"

"끄으으으."

유릭의 말에 빌케르는 신음만 했다.

빌케르는 등을 헤집는 손길을 느꼈다. 등의 열기가 머리까지 치솟는 듯했다. 자신이 살아 있는 건지 죽어 있는 건지조차 구분되지 않았고, 꿈과 현실이 뒤엉키면서 자아조차 흐려졌다.

'엄마.'

유일하게 그리운 얼굴이 떠올랐다. 언제나 자상하던 그의 모친이었다. 북부의 여자답게 억세기도 했으나, 재가도 없이 홀몸으로 아들을 키운 어미였다.

'빌케르, 루께서는 내세의 윤회를 약속했단다. 사내라고 해서 전장에 나가 싸우지 않아도 돼.'

빌케르의 모친은 루가 북부 널리 퍼졌을 때도 기뻐했다. 사내라면 전장에 나가야 한다는 북부의 풍토도 점점 옅어졌다.

빌케르도 자신은 전장이 아닌 침대에서 죽으리라 생각했다.

'하지만 화살에 맞아 이렇게 죽어가고 있잖아.'

화살을 맞았다. 누가 뭐래도 전장은 전장이다.

'울가로가 나를 데리러 올 거야, 울가로가……'

울가로가 자신의 영혼을 데려갈까 봐 두려웠다.

빌케르의 머릿속에는 두 가지 풍경이 떠올랐다. 하나는 따사로운 태양빛이 내리쬐는 하늘이었고, 다른 하나는 폭풍우가 쏟아지는 밤이다.

폭우가 귓가에 웅웅거렸다. 어둠 속에서 빌케르를 기다리는 날개투구의 전사가 서 있었다. 그는 칼을 앞으로 뻗으며 빌케르를 가리켰다.

'안 돼, 난 거기로 가지 않을 거야. 난 안 간다고!'

목소리가 나오지 않았다. 말만 머릿속을 맴돌았다.

웅성, 웅성,

날개투구의 울가로. 그 뒤에서 살점을 흘리고 다니는 전사들이 보였다. 죽은 전사들은 빌케르를 기다리고 있었다.

-와라, 미요른의 아이야.

-네 할애비의 곁으로.

전사들이 손짓한다. 썩은 악취가 빌케르의 코에 닿는 듯했다.

빌케르는 태양을 향해 손을 뻗었지만, 그의 몸은 한없이 무거워 언덕을 떠나지 못했다.

'루여, 제발……'

미요른의 혈통이라는 저주 때문일까? 아니면 북부인이라는 태생에서 벗어나지 못하기 때문일까? 빌케르의 기도는 루에게 닿지 않았다.

"정신 차려라, 빌케르."

유릭이 말했다. 빌케르의 정신이 현실로 돌아왔다.

"아, 아야."

빌케르가 비명을 내지르려다가 통증 때문에 신음만 했다. 화살을 맞은 곳이 쓰렸다.

"화살촉을 빼낸다고 상처가 많이 벌어졌을 거다."

유릭은 뜨거운 물에 손을 씻었다. 사방에서 피비린내가 진동했다.

타닥, 타닥.

모닥불은 거세게 타올랐다.

유릭, 크리카, 빌케르. 이들은 전투가 끝나고도 멀리 떠나지 못하고 호숫가에서 야영을 했다.

몸이 성한 사람이 없었다. 빌케르가 화살에 맞아 빈사 상태였고, 크리카는 고열에 시달렸으며, 유릭도 깊은 상처를 여럿 입었다.

"하아, 하아."

빌케르의 상태가 가장 안 좋았다. 심리적 안정을 잃었으며 부상에 대한 내성도 약했다.

"화살도 맞아본 놈이 잘 맞는 거지."

유릭이 중얼거렸다. 그는 이제야 자신의 상처를 돌봤다. 그는 약초를 섞은 고약을 상처에 발랐다.

"아직 정신이 혼미한가 보군."

유릭이 빌케르의 눈앞에서 손을 흔들며 말했다. 빌케르의 눈동자는 유릭의 손짓을 좇지 않았다.

부상자뿐인 일행은 짧은 휴식을 취하고 근처 농가를 찾아 헤맸다. 농가를 찾지 못했지만 사냥꾼 오두막이 숲 속에 있었다.

끼익.

"바람이라도 피할 수 있으니 다행이지."

유릭이 짊어진 빌케르는 침대에 눕혔다.

크리카도 비틀거리면서도 벽난로에 장작을 넣어 지폈다. 기절해도 이상하지 않은 고열에 시달리면서도 할 일을 묵묵히 했다.

'저번에도 느꼈지만 크리카는 된 놈이다.'

장성한다면 뭐라도 될 소년이었다. 행동거지를 보면 전사사회의 모범 자체였다.

"오늘은 여기서 보내고 내일 마을을 찾아가자고."

유릭이 망토를 여미며 벽난로 앞에 앉았다. 그는 입안에 손을 넣더니 깨져서 흔들리는 이를 뽑았다.

'화살이 뺨을 관통했을 때 이도 상했군.'

유릭이 쓰게 웃었다. 상처가 또다시 늘었다.

'제아무리 명검이라도 언젠가 녹슬고 이가 빠지듯…… 내 몸도 망가지는 날이 오겠지.'

강건한 전사도 시간을 이기진 못한다.

'나는 내 육체가 망가지기 전에 무얼 할 수 있을까?'

유릭이 모닥불을 조용히 응시했다.

크리카는 유릭에게 쉽게 말을 걸지 못했다. 마음속에서 경외심이 우러나왔다.

'전사 중의 전사다.'

크리카가 생각한 이상적인 전사가 여기에 있었다. 유릭은 강철 같은 육체와 태산처럼 굳건한 정신을 지닌 사내였다. 유릭의 싸움을 보고도 그를 존경하지 않는 전사는 없을 터다.

"크리카, 일찍 자라."

유릭이 크리카의 시선을 느끼곤 말했다. 크리카가 머뭇거리다가 입을 열었다.

"유릭, 당신은 어떤 신을 믿지?"

"글쎄."

유릭이 뜸을 들였다. 공허했다.

"죽으면 어디로 가는지도 모르면서 칼부림을 한다고?"

크리카가 헛웃음을 흘리다가 지끈거리는 머리를 매만졌다.

"아쉬운 누군가 내 영혼을 거두겠지."

유릭이 그리 말하며 키득키득 웃었다. 그는 자신의 영혼을 호시탐탐 노리는 신들을 느꼈다.

'나는 정말로 신에게 사랑을 받는 건가?'

오만한 생각이었다. 하지만 유릭은 종종 초월적인 시선들을 느꼈다.

'지금도 고개를 돌려 어둠을 바라보면……'

유릭이 눈을 깜빡였다. 그는 창밖을 보다가 다시 벽난로 쪽으로 시선을 돌렸다.

크리카와 유릭은 시답잖은 이야기를 몇 마디 나누다가 눈을 감았다. 둘 다 몹시 피로한지라 금방 잠들었다.

유릭은 드물게 곯아떨어졌다. 옆에서 신음이 들리는데도 좀처럼 정신을 차리지 못했다.

"유릭."

크리카가 유릭을 깨웠다. 크리카는 밤새 열이 많이 내려서 상태가 좋았다.

"으으."

유릭이 삐걱거리는 머리를 들어 올렸다. 하룻밤을 자고 일어나니 전신이 쑤셨다.

"빌케르의 상태가 이상해."

"당연히 이상하겠지. 어제 화살을 맞았으니까."

유릭이 투덜거리며 빌케르가 누워 있는 침대로 접근했다.

그는 빌케르의 상태를 살피더니 쓰게 웃었다.

"상처가 덧났다. 피가 오염되었어."

유릭은 빌케르의 상처를 살피곤 말했다.

"그럼 죽는 건가?"

"그건 신에게 맡기는 거지."

"빌케르는 울가로를 배신했어. 전장에서 입은 상처가 쉽게 낫지 않을 거야. 지금은 루보다 울가로의 가호를 받아야 할 때다."

크리카가 그리 말하면서 빌케르의 태양 목걸이를 뺏으려 했다.

신음하던 빌케르가 눈을 뜨더니 크리카의 손을 붙잡아 막았다.

"……그건 안 돼. 내게서 루를 뺏지 마."

"빌케르, 루가 널 지켜주지 않았어."

"울가로가 나를 잡아갈 거야. 그건 안 돼. 난 전사가 아니야. 검의 언덕에서 고통 받을 거라고."

빌케르가 부들부들 떨었다. 그 떨림은 육체적 고통이 아닌 두려움과 불안 때문이었다.

유릭은 조용히 태양 목걸이를 빌케르의 목에 얌전히 걸어뒀다.

"검의 언덕으로 가는 건 영광이야, 빌케르."

크리카가 말했지만 빌케르의 대답은 없었다. 대신해서 유릭이 입을 열었다.

"전사라면 그렇겠지."

유릭의 말에 크리카는 입을 다물었다. 자신보다 뛰어난 전사가 저리 말하는데 할 말이 없었다.

빌케르가 벌벌 떨었다. 라게릭에게서 받은 태양 목걸이를 꾹 쥐고 놓지 않았다. 그는 마침내 유릭에게 말했다.

"저, 저를 태양신전으로 데려다주세요. 성직자를 만나고 싶어요."

크리카는 인상을 찌푸렸고, 유릭은 고개만 끄덕였다.

유릭은 사냥꾼 오두막에 있는 지게로 빌케르를 짊어졌다. 유릭의 상처도 터져서 피가 새어 나왔다.

저벅, 저벅.

유릭과 크리카는 숲을 걸어 나갔다. 울창한 숲이 있고 사냥꾼 오두막도 있으니 마을이나 농가가 멀지 않을 거라 예상했다.

쿵! 쿵!

멀리서 도끼질 소리가 들렸다. 유릭이 그쪽으로 이동하자 사람들이 보였다.

나무꾼들이 숲의 외곽을 따라 벌목작업을 하고 있었다. 그들은 유릭과 크리카를 발견하곤 웅성웅성 모여들었다.

"태양교의 성직자를 찾고 있다. 사례는 하지. 근처에 신전이 있나?"

나무꾼들이 불안한 눈동자로 유릭과 크리카를 바라봤다.

부상당한 전사들을 마을 안에 들였다가 무슨 일을 당할지 모른다.

"그냥 가던 길을 가시오. 쓸데없이 휘말리기 싫으니."

"내 뒤에 보여? 화살에 맞아 죽을지도 몰라. 죽기 전에 성직자를 찾고 있다. 북부사내에게 그 정도 아량과 배포도 없나? 사람 대신에 장작이나 팬다고 다들 겁쟁이라도 된 거야? 적이 오면 내가 가장 먼저 앞서 싸워주지! 나 유릭이 내 이름에 대고 맹세한다."

유릭이 지게에 실은 빌케르를 보여주며 말했다. 나무꾼들이 봐도 빌케르의 안색은 좋지 않았다.

"마을에 선교하러 들른 성직자가 있소. 견습이라고 들었지만 성직자는 성직자지."

나무꾼 한 명이 유릭 일행을 마을까지 안내했다. 변변찮은 편의시설도 없는 작은 마을이었다.

"성직자 양반! 당신을 찾는 손님이 왔소!"

나무꾼이 마을에 도착하자마자 우렁차게 외쳤다.

허름한 나무집의 문이 열렸다. 가죽외투 밑으로 헐렁한 가운을 입은 성직자가 집 안에서 나왔다.

자초지종을 들은 성직자가 유릭 일행을 집 안으로 인도했다. 훈기가 도는 집인지라 몸이 금방 노곤해졌다.

"루의 신자입니까?"

"이 녀석만."

유릭이 빌케르를 내려놓았다.

선교를 위해 북부에 온 성직자는 아직 앳된 청년의 얼굴이었다. 젊은 나이인데도 홀로 험악한 북부에 선교를 하러 다녔다.

'분명 신앙심이 엄청 깊은 성직자겠지.'

유릭은 성직자들을 좋아하는 편이었다. 그들과 함께 있으면 마음이 편했다. 특히나 태양교의 성직자들은 무슨 말이든 나긋하게 긍정을 해주는 이들이었다. 루의 가르침이 그러했다.

"저, 저는 두렵습니다."

성직자를 만난 빌케르가 고백하듯 말했다.

"무엇이 두렵습니까? 형제여."

"제 영혼을 루께서 데려가지 않을까 두렵습니다."

"왜 그렇게 생각하십니까?"

성직자의 반문에 빌케르가 머뭇거렸다. 미요른의 후손이라는 걸 밝히면 유릭과 크리카가 피해를 입을지도 모른다.

빌케르가 입을 다물고 있자 오히려 크리카가 답답하다는 듯이 뒤에서 대답했다.

"그놈은 그 유명한 북부의 용자 미요른의 혈통이다. 미요른의 후손인 주제에 루를 믿고 있지."

성직자가 화들짝 놀라며 유릭과 크리카를 번갈아 봤다. 이런 정보를 듣고도 목이 멀쩡할까 걱정했다.

"다른 사람에겐 말하지 않겠습니다. 루께 맹세코."

"당연히 그래야겠지. 그 맹세를 루의 가르침처럼 잊지 말라고."

유릭이 옆에서 웃으며 거들었다. 그 말이 농담 같지 않아서 성직자는 식은땀을 흘렸다.

"울가로가 제 영혼을 탐하고 있습니다. 저는 전사가 아닙니다. 울가로의 옆은 제 자리가 아니죠."

빌케르가 속내를 터놓았다.

크리카는 불편했지만 훼방은 놓지 않았다. 어쩌면 빌케르가 정말로 죽을지도 모른다. 사후세계의 안식을 방해해선 안 된다.

빌케르와 성직자가 이야기를 하는 동안, 크리카와 유릭은 옆방에서 기다렸다.

"유릭, 빌케르가 죽으면 어떡할 생각이지?"

"너야말로 어떡할 건데?"

크리카는 입을 다물었다. 침묵이 오갔다.

한참이 지나서야 빌케르와 성직자의 이야기가 끝났다. 성직자가 크리카 앞에 다가왔다.

"뭐야? 성직자. 난 루의 신자가 아니야. 댁하고 볼일 없어."

"빌케르가 당신을 찾습니다."

"유릭이 아니라 나를?"

성직자가 고개를 까딱였다.

크리카는 자리에서 일어나 빌케르가 누워 있는 침대 옆에 앉았다.

빌케르의 피는 썩어가고 있다. 피가 썩으면 어디 한 군데만 문제가 생기는 게 아니었다. 전신이 부패하고 멀쩡한 곳이 없다. 부상을 입은 전사들이 가장 두려워하는 증상이었다. 적의 피를 오염시키기 위해서 날붙이에 오물을 바르는 경우도 많았다.

"이제 좀 마음이 편해? 엉?"

"훨씬 나아."

빌케르의 표정은 온화했다. 성직자와 어떤 이야기를 나눴으나 둘만이 알 뿐이다.

"아마 넌 죽을 거야."

크리카는 사실을 말했다. 빌케르의 상태는 악화만 될 뿐이다. 호전될 기미가 없었다.

"크리카, 너도 알겠지만 난 한심한 놈이었어."

"한심하지. 싸움도 못하고 의지도 박약해. 넌 네 운명을 바꿀 기회가 있었는데도 번번이 놓쳤지."

"만약 네가 나였다면 달랐겠지. 분명 달랐을 거야……."

빌케르가 말을 하다가 헛바람을 집어먹었다. 그의 얼굴에 핏줄이 돋아났다. 어두운 천장에서는 희미한 그림자들이 오가고 있었다.

"아, 아아아!"

빌케르가 발작했다. 크리카는 빌케르의 발작이 멈출 때까지 기다렸다.

"뭘 본 거지? 빌케르."

죽기 직전의 전사들은 영적으로 예민해진다. 그들은 평소에 보지 못할 걸 본다. 죽음을 앞둔 전사들은 주술사와 다를 게 없었다.

'빌케르가 전사는 아니지만…….'

빌케르는 충혈된 눈으로 손가락을 들어 올렸다.

"울가로가 아직도 내 영혼을 노리고 있어. 날 잡아가려고 집 밖에서 기다리고 있다고. 루여, 제 영혼을 거두소서."

빌케르가 기도했다. 크리카는 짜증 어린 표정을 지었다. 울가로를 부정하는 빌케르에게 화가 났다.

"날 부른 이유나 말해."

"부탁이 있어, 크리카."

"부탁?"

"내 이름을 가져가."

크리카의 눈썹이 들썩였다. 빌케르는 손을 뻗어서 크리카의 팔을 잡았다.

"개 같은 소리 집어치워."

"네가 이제 빌케르가 되는 거야. 내 얼굴을 아는 사람은 몇 없어. 너라면 진짜 미요른의 후손이 될 수 있어. 모두가 원하는 미요른의 후손. 용맹하고 강인한 소년전사."

"난 미요른의 핏줄이 아니야. 그건 사람을 속이는 거지."

"속이는 게 아니야. 말 그대로 내 존재를 가져가는 거지. 난 아무것도 아닌 존재가 되어 루에게 돌아갈 거야. 울가로의 영광과 미요른의 후광은 전부 네가 가지는 거다. 크리카, 너도 바라던 일이잖아."

크리카의 심장이 쿵쿵 뛰었다. 열 때문에 그런 게 아니었다. 흥분한 눈동자에서는 자신의 미래가 보였다.

'북부의 왕.'

대지를 내달리는 전사들의 왕.

크리카는 늘 빌케르를 질투했다. 위대한 전사가 될 수 있는 모든 환경을 갖추고도 빌빌거리며 루를 믿는 멍청이가 미웠다.

"내 운명을 가져가라! 크리카!"

빌케르가 피를 토하며 외쳤다. 그 말이 크리카의 심장을 두들겼다.

"내, 내가 미요른의 후손……?"

"오늘 여기서 죽는 건 빌케르가 아니라 이름 없는 겁쟁이다! 용감한 빌케르는 미요른의 뜻을 받들어 북부의 왕이 될 거야!"

처음으로 빌케르의 기세가 크리카를 압도했다. 빌케르의 간절한 열망이 방 안을 데웠다.

미요른의 후손이라는 운명을 넘긴다. 빌케르가 빌케르이길 포기한다면, 전사가 되지 않고 루를 믿어도 울가로는 신경 쓰지 않을 터다.

"부탁이야. 수락해 줘, 크리카."

"내가 빌케르가 된다면 루를 믿지 않을 거야. 내 영혼은 언제까지나 울가로의 것이다."

"믿는 척만 하면 돼."

크리카의 동공은 머나먼 미래를 보고 있었다. 전율이 등골을 타고 흘렀다.

'미요른의 꿈을 내가 실현하는 거다. 루의 왕국이 아닌 울가로의 왕국을 북부에 세우는 거야.'

쿠- 웅!

갑자기 사나운 바람이 창문을 두들겼다. 낡은 빗장이 부서지면서 찬바람이 크리카와 빌케르를 쓸어갔다.

바람소리가 마치 울가로의 포효 같았다. 빌케르와 크리카는 서로를 바라보며 눈을 크게 떴다.

'계시.'

크리카는 창문을 닫으러 걸어갔다. 그는 바람이 불어오는 방향을 쳐다봤다. 울가로는 북부의 신이다. 북부의 모든 것이 울가로의 수족이나 다름없었다.

후-우-우웅.

바람이 크리카의 머리카락을 쓸어갔다. 크리카는 한참이나 어둠을 응시하다가 창문을 닫고 자리에 앉았다.

"내가 빌케르가 되기 위해 필요한 것들을 이야기해 봐. 시간이 많진 않아."

크리카가 따뜻하게 데운 꿀물을 빌케르의 입가에 대며 말했다.

목을 축인 빌케르는 자신의 출신 씨족과 어머니에 대해 이야기했다. 크리카는 빌케르의 말을 하나도 잊지 않기 위해 귀를 기울이며 집중했다.

밤이 저물어 갔다.

빌케르는 얼마 버티지 못했다. 지독한 고통에 시달렸지만 남에게 죽여 달라고 말할 결단력도 없었다. 끝내 그는 고통 속에서 죽어갔다.

"루여, 당신의 아들이 돌아갑니다."

성직자가 기도문을 외웠다. 빌케르의 시체는 장작과 함께 연기가 되어 타올랐다. 장례식에 모인 사람은 유릭과 크리카뿐이었다.

"가련한 영혼이 방황하지 않도록 그 손을 붙잡아주시옵소서."

성직자가 말을 마치며 눈을 감았다. 연기가 맑은 하늘까지 치솟았다.

"끝까지 사내답지 못한 녀석이었어."

크리카가 고개를 들었다. 빌케르는 자신의 의무와 책임에서 도망갔다.

"북부인 기준으로는 그렇지."

유릭이 흔들리는 연기 속으로 걸어 들어갔다. 고작 사흘이 지났을 뿐인데도 유릭의 상처는 많이 나아졌다. 상처가 아무는 속도가 비범했다.

"댁은 서부의 약탈자라면서? 앞으로 어떡할 생각이지?"

"제국과 싸워야지. 내 동포들이 노예가 되는 꼴을 구경할 정도로 넉살이 좋진 않아서 말이야. 황제는 제국이 망하는 한이 있어도 포기하지 않을 거야."

"마치 황제를 잘 아는 것처럼 말하는군."

"적어도 너보단 잘 알지, 크리카."

유릭이 시큰둥하게 말했다. 크리카가 고개를 저었다.

"이제 빌케르라고 불러. 서부의 약탈자 유릭."

유릭이 크게 웃었다. 그는 크리카의 어깨를 툭툭 치곤, 이름 없는 자의 시신이 다 타는 걸 끝까지 바라봤다.

"북부의 왕이 되도록 도와주지. 대신에 너도 내게 협력해라, 빌케르."

크리카는 자신의 이름을 버렸다. 그는 앞으로 빌케르로 살아가기로 맹세했다.

장례식을 끝낸 유릭과 빌케르는 루를 믿는 북부인들에게 돌아갔다. 주둔지에는 아직도 태양전사와 독실한 루의 신자들이 많이 남아 있었다.

"저번에 본 빌케르와 얼굴이 다르잖……."

"쉿. 그게 중요한 게 아니지. 미요른의 후손이 우리에게 왔다는 게 중요한 거다."

빌케르의 얼굴을 봤던 북부인들은 입을 다물었다. 진짜 빌케르를 아는 사람은 적었다.

"나 빌케르는 세례를 받겠다."

수많은 북부인 앞에서 빌케르는 세례를 받았다. 세례 중인이 많았기에 빌케르의 개종소식은 북부 전역으로 퍼졌다.

"미요른의 후손조차 루로 개종했다!"

루와 울가로 사이에서 망설이던 전사들조차 마음을 정하는 계기가 되었다.

북부에 합류한 태양전사와 북부의 독립을 지지하는 성직자들이 북부태양교단을 새로이 만들어 질서를 확립했다. 북부의 실정에 맞게 교리를 뜯어고쳤으며, 무엇보다 북부의 자유가 루의 뜻이라 외쳤다.

북부독립군은 세력을 빠르게 확장했다. 그들은 본격적으로 제국과 맞서기 전에 울가로의 전사들을 습격했다.

울가로의 전사들을 공격한 건 빌케르의 뜻이었다.

"적대적이면서도 내가 가짜라는 걸 알고 있는 자들이야."

빌케르의 눈동자가 차갑게 빛났다. 그는 전사였고 싸우는 방법을 알았다.

'울가로의 곁으로 보내주지.'

여전히 그의 신은 울가로였다. 개종은 표면상일 뿐이었다. 몇몇 태양전사와 성직자들은 그런 빌케르의 의도를 알면서도 넘어갔다. 북부인의 왕국을 세우는 게 급선무였다.

"우와아아아아아!"

독립군은 울가로의 전사가 있는 주둔지를 습격했다. 오천이 넘는 북부전사가 설원을 내달렸다. 천여 명도 되지 않는 울가로의 전사들은 처절하게 저항했지만 금방 무너져 내렸다.

"미요른의 후예! 빌케르가 우리와 함께한다!"

전사들이 외쳤다. 빌케르는 전사들의 신뢰를 얻기 위해 가장 앞에서 싸웠다. 그 옆에서는 유릭이 빌케르를 보호했다.

"어이쿠! 조심하라고! 크리, 아니, 빌케르."

유릭이 빌케르의 뒷덜미를 잡아서 뒤로 던졌다. 빌케르가 있던 자리에 화살이 박혔다.

'도대체 유릭 덕분에 목숨을 몇 번이나 건진 건지⋯⋯.'

엉덩방아를 찧은 빌케르가 유릭의 등을 바라봤다.

빌케르는 빠르게 북부전사들 사이에서 지지를 얻었다. 전장의 선두에 서고도 상처 하나 없이 돌아오는 빌케르였다. 전사들은 빌케르가 신의 가호를 받고 있다며 떠들었다.

'진짜 신의 가호를 받는 사내는 유릭이다.'

북부통합을 위해 몇 번의 전투가 있었다. 그동안 빌케르가 부상 없이 돌아온 건 전부 다 유릭의 보호 덕분이었다.

"오오오오오! 와라아아아아-!!"

유릭이 크게 고함을 쳤다. 빌케르를 노리던 전사들이 움찔했다. 유릭이 그들 사이에 뛰어들어 가 칼과 도끼를 휘둘렀다. 유릭이 빙글 한 바퀴 돌 때마다 핏물이 사방으로 흩어졌다.

유릭의 용맹은 북부전사들 사이에서도 자자했다. 전사들은 유릭을 보며 만나지도 못한 서부인들에게 호감을 느꼈다. 서부인도 훌륭한 전사라면 동맹을 마다할 이유가 없었다. 그들에겐 공공의 적도 있었다.

빌케르도 창을 들고 유릭의 옆으로 뛰어갔다. 그는 울가로의 전사들을 죽이며 전진했다.

"너, 너는! 크, 크리카!"

"아니, 빌케르야."

빌케르는 자신을 알아본 상대를 무자비하게 죽였다. 공공의 적이 없다면 그 누구보다 서로를 물어뜯는 북부인들이다. 같은 민족과 종교를 가졌다고 해서 자비를 베풀지 않는다. 하물며 적에게는 그보다 더 잔인할 터.

고작 두 달 만에 흩어진 북부는 빠르게 뭉쳤다. 북부에 주둔

중인 제국군은 덩치가 커진 독립군을 섣불리 공격하지 못했다. 제국군의 증원보다 독립군의 덩치가 커지는 게 더 빨랐다.

북부독립군이 자리를 잡자마자 유릭은 북부와 서부의 동맹을 서류화했다. 그가 게오르크를 머나먼 북부까지 데려온 이유기도 했다.

"이걸로 공식적으로 동맹을 맺은 겁니다."

게오르크가 손바닥 인장이 찍힌 양피지를 둘둘 말았다. 왕국과 왕국 간의 동맹양식으로 작성한 서류였다.

"이게 얼마나 의미가 있을지는 모르지만 없는 것보다야 낫겠지."

유릭이 양피지를 받아서 챙겼다.

"북부독립군의 주요 인물 중에는 태양전사가 많죠. 명예와 약속을 소중히 여기는 자들입니다. 더군다나 북부의 왕이 될 소년이 당신을 좋아합니다. 아마 존경하고 있겠죠. 눈만 봐도 알 수 있어요. 쉽게 깨지지 않을 동맹입니다."

게오르크가 피식 웃었다. 그는 뭔가 서기관다운 일을 해서 대단히 만족감을 느꼈다. 여러 사람 앞에서 서류를 작성하고 읊으니 왕국의 고위관료라도 된 기분이었다.

"아르텐 전초기지 소식은?"

"한 달도 전의 것이긴 한데, 아직도 주둔하면서 버티고 있답니다. 듣기론 제국군이 아르텐 전초기지를 공격한다는 소문이 있더군요. 덩치가 비대하게 커진 북부보다 서부부터 걷어내겠다는 생각인 듯합니다. 아르텐 전초기지만 차지하면 길목을 틀어막을 수 있으니까요."

제국 입장에서는 북부나 서부 둘 중에 전선 하나를 없애야 한다. 북부와 서부 사이에는 거리가 멀어서 제국의 역량으로도 전선유지가 벅차다.

"이제 아르텐 전초기지를 돌아간다."

유릭이 의자에 등을 기대며 말했다. 북부독립군은 동맹과 우호의 증거로 백 명의 북부전사를 유릭의 밑으로 딸려 보냈다. 유릭의 용맹을 흠모한 북부인들이 자원해서 유릭의 밑으로 들어가려 했다.

삐걱.

유릭이 앉아 있는 의자의 나뭇결이 갈라졌다. 유릭은 턱을 괴며 눈을 감았다.

'사미칸, 이제 네 그릇을 확인할 차례다.'

유릭은 큰일을 해냈다. 아르텐 전초기지로 돌아가면 많은 형제들이 그의 이름을 환호할 터다. 사미칸의 질시가 불 보듯 보였다.

'이번에도 날 물 먹이려 한다면 그냥 넘어가진 않을 거야.'

유릭은 일주일 뒤에 북부를 떠났다. 그의 뒤로는 백여 명의 전사가 따라붙었다.

Chapter 10

　전쟁은 겨울에 한다. 농경문화에서 가장 많은 병력을 소집할 수 있는 때가 겨울이다.

　풍요로운 가을이 끝난 직후지만 농민들은 부유하지 않다. 자유농민이든 농노든 귀족에게 막대한 세를 지불하고 나면 두 손에 남는 게 없었다. 가난한 농부들은 고된 겨울을 버텨내기 위해 돈을 받고 전쟁에 참가하기도 했다.

　아르텐 전초기지에서 멀지 않은 숲에 제국의 주둔지가 있었다. 제국의 정예가 포함된 군단편제는 아니었지만, 팔천이 넘는 제국군이 공성전을 준비하고 있었다.

　"저들은 우리의 땅을 짓밟고 파괴했다! 언제까지 야만인들의 횡포를 지켜만 볼 텐가! 우리가 누구인가! 문명세계의 수호

자이며, 황제폐하의 칼과 방패니라!"

"오우! 오우!"

지휘관 바그나 장군이 연설을 했다. 그는 친황제파에 속한 인물로 아르텐 전초기지 봉쇄임무를 맡고 있었다.

'야만인은 공성전에 익숙지 않아.'

이번 공격은 바그나 장군의 독단이었다. 황제의 명령은 봉쇄였으나 바그나 장군은 공격을 감행했다.

'전초기지를 봉쇄해 봤자 야만인들은 서쪽에서 보급을 계속 받고 있어. 공격하지 않으면 의미가 없다. 폐하께서 야전에 나오셨다면 공격을 명하셨을 거야. 황궁에만 있어서 현장을 모르시는 거지.'

바그나 장군은 가까운 속국들에게서 공성물자와 병력을 징집했었다. 제국의 장군이 요청하는데 거부할 만한 속국은 없었다. 하지만 속국들도 제국의 요청에 순순히 응하진 않았다.

"홍, 이런 구닥다리 공성병기라니! 형편없군!"

바그나는 조립이 끝난 투석기를 바라보며 인상을 찌푸렸다. 수십 년 전에나 쓰던 투석기였다. 속국에서 제공한 병력도 병든 노예들이거나 범죄자들이었다.

'북부와 서부의 야만인만 제압하면 다음은 너희들이다. 빌어먹을 왕국 놈들!'

오랜 평화와 근래 있었던 제국의 행실 때문에 속국에 대한 통제력이 많이 떨어졌다.

"장군, 정말로 공격하실 생각이십니까?"

부관이 불안한 듯 말했다.

"지금 내 결정에 불만이 있는 건가?"

"적어도 폐하의 윤허를 받고 나도 늦지 않습니다. 일이 잘못되기라도 한다면……"

"시작하기도 전에 패배를 걱정하는 건가? 그러고도 제국의 기사란 말인가! 난 황제폐하의 총애를 받고 있다. 허튼 걱정은 집어치우게!"

바그나가 소리를 질렀다. 부관이 입을 다물었다.

'카르니우스조차 완수하지 못한 야만인 섬멸을 내가 해낸다면…… 다음 군의 실세는 바로 나다! 나 바그나가 기사 중의 기사가 되지.'

바그나의 눈동자는 벌써부터 반짝이는 미래를 보고 있었다.

'회전은 몰라도 공성전에서는 야만인과 제국군의 차이가 크다.'

견고한 성은 문명의 특권이며, 농업사회로 집약된 노동력이 일궈낸 산물이다. 문명군대는 땅을 지키고 뺏는 데 이골이 난 자들이었다.

'공성은 몰라도 수성전의 경험은 없을 거다.'

바그나는 아르텐 전초기지를 바라봤다. 목재와 석벽이 뒤섞인 요새였다. 야만인들은 그간 요새증축에 힘썼으나 문명의 성에 비하면 보잘것없었다.

바그나의 생각은 어느 정도 맞아떨어졌다. 수성전을 앞둔 연맹군 내부에서는 여러 의견이 오가고 있었다.

연맹군의 부족회의에는 적어도 십여 명, 많게는 서른 명이 넘게 참가한다. 작고 큰 여러 부족의 장들이 자신의 의견을 토해냈다.

"성문을 열고 돌격합시다. 틀어박혀서 공격만 받을 셈이오?"

"유리한 수성전을 포기하고 공격을 하자고? 우리가 성문을 열게 하는 게 놈들이 노리는 바요!"

"그거야 우리가 수성에 익숙할 때 이야기지. 놈들의 돌덩이가 우리 머리 위로 떨어질 거요. 가만히 앉아서 맞고만 있을 거요?"

아르텐 전초기지에는 수성병기가 없었다. 거기다가 성벽도 조잡해 본격적인 공성전을 버틸 만한 수준이 아니었다.

부족장들의 다툼을 지켜보던 사미칸이 가슴을 매만지다가 소리를 질렀다.

"노아! 전사의 숫자는?"

"약 오천입니다. 소집령을 내리면 보름 내로 일만까지 채울 수 있을 겁니다."

연맹군은 야일루드를 통해서 서부를 계속 오갔다. 전사들도 교대로 휴식을 취하며 아르텐 전초기지에 주둔했다. 어느새 하늘산맥 주변의 부족들은 도시화가 되고 있었다. 여러 부족의 사람들이 섞여 있었다.

"친애하는 형제들이여, 당황할 것 없소. 오히려 우리에겐 호기요."

사미칸이 입을 열었다. 몇몇 부족장은 그 말뜻을 알고는 고개를 끄덕였다.

"대족장의 말이 맞소. 우린 굶주리고 있지. 언젠가 제국군의 포위망을 뚫고 약탈을 하러 가야 했소."

서부의 생산력으로는 연맹군의 보급을 감당하지 못한다. 서부인들이 그동안 서로 싸웠던 것도 부족한 식량과 자원 때문이었다. 그들은 불어나는 인구를 유지할 만큼의 식량을 얻지 못했다.

제국의 예상과 달리 서부는 포위만 해도 자멸할 집단이었다. 서부의 황량함을 제국은 모른다. 그걸 알았다면 근처에 요새를 세워 연맹군을 고립시키는 데 전략의 중심을 뒀을 터다.

서부의 정보에 대한 정찰의 부재. 제국군이 가진 치명적인 약점이었다.

제국군이 서부를 두려워하는 것도 서부에 무엇이 있는지 모르기 때문이다. 온갖 미지에 대한 두려움 때문에 서부의 약탈자들은 공포스러운 존재로 포장되었다.

'가만히 있어도 우리가 놈들을 공격하긴 했어야 해. 지금 이렇게 공격을 먼저 와주는 게 고마울 따름이지.'

사미칸은 피식 웃다가 가슴의 통증 때문에 인상을 찌푸렸다. 그는 환약을 꺼내서 하나 삼켰다.

'대족장의 병환이 깊다.'

부족장들이 사미칸을 흘겨봤다.

사미칸의 지병에 대해서 모르는 사람은 없었다. 전장의 부상으로 얻은 폐병은 좀처럼 낫지 않았다.

"각 부족에 소집령을 내리고, 전사들에게는 싸움을 준비하라 하시오. 공성전이 시작되면 우린 놈들을 칠 거요."

사미칸이 결정을 내렸다. 부족장들은 환호성을 질렀다.

"전쟁이다!"

"싸움을 준비해라!"

부족회의가 끝나자마자 족장들이 밖으로 나오며 외쳤다. 굶주리고 지친 전사들이 눈을 번뜩였다.

"싸움이다아아아아!"

전사들이 고함을 지르며 병장기를 손봤다. 그들은 이미 문명을 약탈하는 달콤함을 맛본 자들이다. 문명의 도시들을 약탈하면 뭐든 얻을 수 있었다. 부족끼리 약탈해 봐야 의미가 없다는 걸 그들도 이제 알았다.

'우린 아무것도 얻지 못하고 서부로 돌아갈 수 없어.'

연맹군의 전사들은 자신들끼리 싸우는 게 얼마나 무의미한지 깨달았다.

"이 풍요로운 땅을 우리가 가진다."

이대로 서부로 돌아가도 부족끼리 싸워 피를 흘리는 건 마찬가지다. 어차피 피를 흘릴 거라면 문명세계에서 흘리는 게 나았다.

"대족장 사미칸이 우리를 인도할 것이다."

전사들을 이끈 건 위대한 대족장 사미칸이었다. 서부의 내전을 종식시키고 바깥으로 힘을 꺼낸 위대한 전사.

"아니, 그래도 가장 위대한 전사는 유릭이지."

"그 유릭은 우리를 버리고 도망갔어."

"헛소리! 대지의 아들은 도망가지 않아! 동맹을 이끌고 돌아올 거다."

전사들끼리 말다툼이 일었다. 유릭이 연맹에서 자리를 비운 지 반년이 지났다. 많은 전사들이 유릭에게 실망했다. 형제를 버리고 도망갔다는 말도 돌았다.

하나 화염 속에서 유릭과 함께 싸웠던 발디마의 전사들은 아직도 유릭을 기다리고 있었다.

"유릭은 우리를 버리지 않아. 형제를 모른 척할 사내가 아니야."

발디마의 전사들은 구분하기가 쉬웠다. 한눈에 봐도 화상자국이 드러나는 전사들이었다. 끔찍한 화상을 긍지로 삼는 이들이었다. 발디마의 전사들은 천여 명이 넘었기에 연맹군 내에서도 소수세력이 아니었다. 그들 말고도 유력을 따르는 전사가 허다했다.

하지만 그런 유력의 영향력도 공백기간 동안 점점 줄어들었다. 전투가 코앞인데도 돌아오지 않는 유력을 원망하는 자도 많았다.

사미칸은 전투에 앞서서 육손이를 불렀다. 큰일을 앞두고 제사와 점을 보는 건 오랜 전통이었다.

"승리를 점쳐라, 육손이."

사미칸이 의자에 앉은 채로 턱짓했다. 새의 깃털로 만든 모자를 쓴 육손이는 특유의 여섯 손가락을 앞으로 뻗으며 키득키득 웃었다. 종려나무로 만든 지팡이에는 곰의 발바닥이 달려 있었다.

"하늘의 뜻은 그날이 되어봐야 아는 법이죠, 대족장."

육손이가 뻐드렁니를 드러내며 웃었다.

"넌 하늘의 뜻을 보는 자가 아니다. 내 뜻을 대변하는 자지."

지금까지 육손이는 사미칸의 뜻대로 점괘를 조작했다. 사미칸의 뜻을 따르지 않으면 목이 달아났다.

"더 이상 점괘를 속일 순 없습니다. 저 말고도 많은 주술사들이 지켜보고 있지요."

"허튼 점괘를 내면 그 목이 멀쩡할 것 같으냐?"

"제 목을 베고도 하늘을 등에 업을 수 있을 것 같습니까? 위대하신 대족장."

육손이의 빈정거림에 사미칸을 벌떡 일어났다. 그가 칼을 뽑아서 육손이의 목덜미를 겨누었다.

"한낱 주술사 주제에 내 권위에 도전하는 건가?"

"그럴 리가요. 최선을 다해 설득해 보겠습니다."

육손이가 슬그머니 칼날을 밀었다.

'교활한 주술쟁이가……'

사미칸이 눈을 번들거렸다. 그 살기에 육손이는 등골이 오싹했다.

'하지만 사미칸은 날 죽이지 못한다.'

오랫동안 사미칸과 호흡을 맞춘 주술사가 육손이다. 사미칸이 족장 중의 족장인 대족장이 된 것처럼, 육손이도 다른 주술사들 위에 군림하고 있었다.

'내가 없으면 주술사들을 좌지우지하지 못한다. 지금 같은 시기에 자신의 수족이 될 만한 주술사를 새로 키우기도 힘들지.'

사미칸은 자신의 권위와 정당성의 많은 부분을 천명에 기댔다. 주술사들의 지지를 얻는 건 무척이나 중요하다.

"하지만 다른 제사장들을 설득하려면 그만한 미끼가 필요합니다. 미끼가 좋아야 큰 물고기가 잡히는 법이죠."

육손이가 말을 조심스레 꺼냈다. 사미칸은 코웃음을 쳤다.

"나와 거래를 하자는 건가? 하!"

"부족회의에 제사장을 위한 자리를 마련해 주십쇼."

사미칸의 웃음이 멎었다. 그가 인상을 찌푸렸다.

"주술사들이 바깥일에 신경 쓸 건 없다! 너희들의 일이 아니지! 전사들의 일에 주술사 나부랭이들이 관여할 셈이냐!"

"대족장이 원하는 대로 점괘를 만든 순간부터 우리는 하늘의 일을 하는 게 아니라 바깥일을 하고 있는 겁니다."

육손이는 정치에 손을 뻗으려 하고 있었다. 지금 연맹은 사미칸을 중심으로 전사와 부족장들이 다스렸다. 주술사들은 그저 거드는 역할이었다.

"전장에서 피를 흘리지 않는 것들이 권력을 탐하는구나⋯⋯."

사미칸이 자리에 털썩 앉으며 허탈하게 웃었다.

"이건 정당한 요구입니다. 제 뜻이 아니라 모든 제사장의 뜻이기도 하지요."

육손이가 눈을 감으며 고개를 숙였다. 사미칸의 허락이 떨어지길 기다렸다.

"어리석은 여섯 손가락아. 권력은 양날의 칼이다. 힘을 가지면 그만한 대가와 위험도 감수해야 하지. 지금까지는 내가 너의 방패가 되었다. 너를 온갖 풍파로부터 지켜줬지. 나와 거래를 하겠다는 건…… 이제 내 보호를 받지 않겠다는 뜻으로 봐도 되겠는가?"

사미칸이 무미건조하게 말했다. 육손이는 차마 사미칸의 눈을 정면으로 보지 못했다.

"제 한 몸을 지킬 힘은 있습니다."

"그래, 그 알량한 잔재주로 얻은 권력을 잘 지켜보거라."

"허락하신 걸로 알겠습니다."

육손이가 뒷걸음질 치며 물러났다.

다음날부터 부족회의에는 변화가 있었다. 육손이와 네 명의 제사장이 회의에 참석해 연맹군의 정치에 개입했다. 그들은 자신들의 부족이 아니라 주술사 전체의 입장을 대변했다.

노아 아르텐은 의족을 쩔룩거리며 전초기지를 둘러봤다.

'아르텐 전초기지.'

노아의 가문명을 따서 지은 요새다. 노아는 그 이름을 들을 때마다 가슴이 설레면서도 아팠다.

'나는 가문의 배신자인가.'

노아는 서부야만인들의 편에 서서 싸우고 있었다. 가끔씩 돌이킬 수 없는 죄책감이 노아를 휘어감았다.

"후우."

죄책감으로 괴로울 때마다 루의 이름을 읊조렸다.

'만일 제가 잘못하고 있는 거라면 벌을 주소서.'

노아는 항상 고민했다. 형제와 같은 사미칸에 대한 의리를 지켜야 했으나, 그는 문명인의 존엄과 윤리를 가진 사람이었다. 그 갈등이 깊어질수록 그의 눈동자도 늙어갔다.

"루여……."

노아가 중얼거렸다. 그는 절뚝이며 성벽으로 올라갔다. 그간 보강한 성벽은 초창기보다 튼튼했다. 해자도 깊게 파서 바람이 불 때마다 찰랑이는 물소리가 났다.

삐걱.

노아가 난간을 짓누르며 해자를 바라봤다. 뛰어내리고 싶은 충동에 시달렸다.

'저 멀리 제국군의 주둔지가 빛나고 있어.'

무서운 생각을 하던 노아가 고개를 저었다. 그는 차가운 밤 공기를 마시다가 인기척에 눈을 깜빡였다.

"벨루아 부족장."

어둠 속에서 벨루아가 눈을 빛냈다. 그녀는 노아의 행동거지를 유심히 바라봤다.

"거기서 뭐 하는 거지?"

"바깥바람을 쐬고 있소."

"성벽에 머리를 내밀고 있다가 화살이라도 맞으면 어쩌려고? 귀하신 참모가 아니신가!"

벨루아가 반쯤 빈정거리듯 말했다.

"내 걱정은 하지 않아도 충분하오. 몸은 좀 괜찮은 거요?"

"팔팔해. 전장에라도 나갈 수 있어."

이미 배가 불러오는데도 그녀의 몸은 여전히 날렵했다. 근육으로 단련된 육체는 녹슬지 않았다. 물론 전장에 나간다면 사산을 면치 못할 터다.

"사미칸이 신경 쓰고 있을 거요. 사내아이라면 연맹의 후계자가 탄생하는 거지."

"당연하겠지! 자신의 삶이 얼마 남지 않았다는 걸 알고 있으니까."

"지병을 가지고도 장수하는 사람은 수두룩하오. 그럼 이만."

노아가 벨루아 곁을 지나가려 했다.

턱.

벨루아는 굵은 손으로 노아의 어깨를 잡아 세웠다. 그녀가 낮게 으르렁거렸다.

"허튼 생각하지 마. 넌 이미 우리와 함께했다. 여기서 돌아간다면 이도저도 아닌 거야."

벨루아는 붉은모래 전사들 위에 군림하는 자다. 그녀의 시야는 넓고 날카롭다.

"그럴 일은 없소."

"사람은 거짓말을 하지. 누구나."

"나는 내 신에게 떳떳하지 못할 일은 하지 않소."

"그 잘난 태양신 말인가? 사미칸도 그 목걸이를 차고 있더군. 그 신이 폐병을 막아줄지 모른다면서 말이야."

서부인들은 여러 자연신을 숭배한다. 태양신도 그 일부일 뿐이다. 사미칸이 태양 목걸이를 착용한다고 뭐라 비난하는 사람은 없었다.

"신을 모독하는 건 바람직한 행동이 아니오. 말을 조심하는 게 좋지. 루에게 숨길 수 있는 말이 없으니까."

노아는 독실한 기사다. 그는 벨루아의 무례에 불쾌함을 표했다.

"나는 아르텐 전초기지를 비울 거야. 후계자가 있는 몸으로 싸울 순 없으니까."

"순산을 기원하겠소. 내 절친한 벗인 사미칸의 아이이기도 하니까."

"그래, 그렇지. 사미칸과 내 아이야."

벨루아가 자신의 배를 쓸어내렸다. 복근이 탄탄한지라 배가 많이 두드러지진 않았다.

"……이 아이가 태어났을 때, 아버지가 없지 않으면 좋겠어. 불운과 저주를 품고 태어난 아이로 만들기는 싫거든."

유복자는 불운을 상징한다. 아비의 생명을 먹고 태어난 아이가 된다.

"내 우정과 신뢰를 의심하는 것 같은데…… 잘 들으시오, 벨루아. 난 그대보다 더 오래 사미칸을 보좌했으며 함께 싸웠소. 당신이 알고 있는 것보다 더 나와 사미칸의 유대는 깊지. 한낱 여인이 아닌 부족장이라면 그 유대를 이해할 거요."

벨루아가 노아의 눈을 쳐다봤다. 그녀는 노아의 어깨를 놓았다.

"내가 예민했나 보군. 그래, 사미칸이 더 너를 잘 알겠지."

"알았으면 됐소."

벨루아는 노아가 사라지는 걸 물끄러미 바라봤다. 그녀는 곧 자신의 측근을 불러서 귓가에 속삭였다.

"노아 아르텐을 계속 감시해. 분명 마음이 흔들렸어. 사미칸은 지금 판단력이 흐린 상태다. 노아를 무작정 신뢰하고 있지."

붉은모래 전사가 고개를 끄덕였다. 전사들은 교대로 노아의 행적을 계속 감시했다.

'연맹도 엉망진창이군.'

벨루아도 시선을 돌려서 제국군의 주둔지를 바라봤다. 제국군 주둔지에서 피어오른 모닥불이 반짝이고 있었다.

'황무지 너머를 정벌할 때가 좋았어. 할 일은 뻔했고 단순했지.'

상황은 더 이상 단순하지 않았다. 연맹의 덩치가 커진 만큼 온갖 이권이 오갔다.

'육손이가 주술사들의 지지를 얻어 정치에 끼어들었어. 더 커지기 전에 진작 손을 봤어야 했는데……'

이제 와서 육손이를 죽이긴 힘들다. 이미 주술사들의 야망은 불이 붙었다. 육손이를 죽인다면 더 극단적인 주술사가 그 자리를 대체할지도 모른다.

'말이 잘 통하고 오랫동안 손발을 맞춘 육손이가 낫지.'

벨루아가 머리를 긁적였다.

"밤바람이 차요, 부족장."

시중을 드는 여인이 벨루아의 어깨에 외투를 얹었다. 벨루아가 여인의 턱을 쓰다듬으며 올렸다.

"그럼 네가 내 몸을 데워주면 되겠군."

여인이 얼굴을 붉히며 고개를 숙였다.

아르텐 전초기지에서 밤을 보낸 벨루아는 다음 날 서부로 돌아갔다. 그녀는 아르텐 전초기지로 합류하는 전사들과 마주쳤다.

전사들은 벨루아를 보며 예를 갖췄다.

"벨루아 족장."

"순산을 비오."

"연맹의 후계자에게 가호와 축복이 있기를!"

벨루아도 똑같이 화답하며 기나긴 야일루드를 건넜다. 야일루드의 끄트머리에서 벨루아는 다시 뒤를 돌아봤다.

"유릭."

어쩌면 다시 못 볼지도 모른다.

'너도 나도 약속은 지키지 못했군.'

강철의 비밀은 아직 캐내지 못했다. 제국군은 강철을 다루는 대장장이들을 보물처럼 다루고 관리했다. 전장에 동행하는 대장장이는 그저 수습 수준일 뿐이었다.

벨루아가 운철단도를 꺼냈다. 하늘에서 떨어진 철로 만든 칼이다. 기름칠을 하지 않아도 녹슬지 않는 신비한 칼이었다.

'다시 만난다면 네게 선물로 주고 싶었어.'

벨루아도 유릭에게 죄책감이 있었다. 사미칸이 유릭을 견제하는 걸 두고 보고만 있었다. 도와줄 수 있었는데도 자신과 부족의 안위를 위해 유릭이 당하는 걸 지켜봤었다.

"분명……."

벨루아가 흉터투성이 얼굴로 씁쓸하게 웃었다. 그녀도 문명 세계를 두 눈으로 보고 이해했다.

'유릭, 너는 영웅이다. 동포와 형제들을 위해 고된 길을 스스로 선택했지. 나라면 내 욕망을 위해 문명세계에 융화된 채로 살았을 거다.'

벨루아는 운철단도를 빙글빙글 돌리다가 집어넣었다. 그녀는 더 이상 뒤를 돌아보지 않았다. 서부에서 아이를 낳을 준비를 했다. 부족의 건강한 여인들조차 아이를 낳고 죽는 경우가 많았다.

여자에게 출산은 전투만큼이나 위험한 일이다. 벨루아는 각오를 다지며 조용히 때를 기다렸다.

끼릭, 끼릭.

제국병사들이 투석기의 발사대를 뒤로 젖혀서 장전을 했다. 병사들이 낑낑거리며 사람만 한 바위를 그 위에 올렸다.

삐이이익!

장교들이 휘파람을 불며 장전을 알렸다.

"발- 사!"

바그나 장군이 크게 외쳤다. 기수가 붉은 깃발을 흔들었다.

투- 쿵!

투석기의 발사대가 차례대로 솟아올랐다. 투석기는 셋이었고 조잡한 요새 하나를 공격하기엔 충분했다.

쿵!

돌덩어리들이 아르텐 전초기지 안으로 떨어졌다.

"머리를 숙여!"

"바위가 떨어진다!"

"오오오오오오오!"

바위에 부딪친 전사들이 형체도 없이 으깨졌다.

아르텐 전초기지 내부에서는 전사들이 대기 중이었다. 전사들은 바로 옆에서 형제들이 죽는 걸 보며 인상을 찌푸렸다.

딸그락, 딸그락.

주술사들이 전사들 사이를 돌아다니며 동물의 뼈를 흔들었다. 만신의 축복과 가호를 그들의 머리 위에 쏟아부었다.

"형제들이여, 피를 뿌리기 좋은 날이다."

사미칸이 전사들이 모인 곳으로 걸어 나왔다. 그의 걸음걸이를 따라 전사들이 좌우로 벌어졌다.

쿵!

투석기의 돌이 아직도 떨어지고 있었다. 비명이 여기저기서 들렸다.

사미칸은 마치 자신은 돌에 맞지 않는 것처럼 굴었다. 그는 전사들을 둘러보며 크게 웃었다.

"긴말하지 않겠다. 하늘의 뜻이 나에게 깃들었으며, 이 사미칸은 너희와 함께한다. 무슨 말이 더 필요한가? 우린 하늘의 군대다! 창천 아래에서 우린 패하지 않는다! 하늘이 우리의 승리를 말했다! 대지의 어머니는 적들의 피를 원하신다! 형제들이여! 그대들 앞에 서 있는 자가 누구인가!"

이미 육손이의 점괘가 나온 지 오래다. 하늘이 사미칸의 승리를 말했다.

사미칸은 병색을 떨쳐 내듯 외쳤다. 그의 등장에 전사들의 사기가 드높았다. 돌이 떨어지는데도 사미칸은 전사들 한복판에서 승리를 예언하며 외쳤다.

"문을 열어라-!"

요새의 문이 삐걱거리며 열렸다.

가만히 앉아서 돌을 맞는 건 그들의 성미에 맞지 않았다. 거친 전사들은 어깨를 들썩이며 사납게 울부짖었다.

"후우우우."

사미칸이 가장 먼저 요새 바깥으로 나갔다. 그는 전장의 냄새를 맡았다. 벌써부터 피비린내가 짙게 풍기는 듯했다.

'태양신 루라고 했나? 신의 가호를 많이 받아서 나쁠 건 없지.'

사미칸은 노아에게 받은 태양 목걸이를 들어서 가볍게 입을 맞췄다. 그는 벌써부터 가슴의 숨이 가빠오는 걸 느꼈다.

"신호를 보내라!"

나팔수가 길게 뿔나팔을 불었다.

"오오오오오오오!"

어젯밤 전초기지의 뒷문으로 나갔던 천인대 둘이 좌우에서 모습을 드러냈다. 그들은 제국군의 진영을 사방에서 덮칠 생각이었다.

"뭐, 뭐야! 왜 저기서 놈들이 나타나는 거야? 지금 성문을 열고 나왔다고?"

바그나 장군이 크게 당황했다. 그는 황급히 병사들을 불러 진을 짰다. 훈련을 제대로 받지 못한 병사가 많은지라 군대의 통일성이 흐리고 움직임도 현저히 느렸다.

"방진을 짜라!"

장교들이 병사들 사이에서 소리를 질렀다. 그러나 고작해야 사나흘을 훈련받고 오는 징집병들은 터무니없이 숙련도가 부족했다. 애초에 봉쇄를 위해 배치한 병력이라서 숫자만 불린 어중이떠중이 군대였다.

"장군! 우익과 좌익에서 천여 명의 야만인들이 몰려오고 있습니다."

"나도 눈이 달려 있다! 멍청한 놈! 가서 지휘나 해!"

바그나 장군이 악을 썼다. 그는 친황제파였지만 전투부문에서 유능하다는 평가를 받지 못했다. 황제 얀키누스도 그걸 알기에 바그나에게 봉쇄 명령만 내린 걸 터다.

황제에 대한 충성은 과한 공명심을 불러왔다. 바그나는 싸우면 안 될 상황에서 전투를 벌였다.

"궁수! 저 앞을 겨눠라! 저기에 놈들의 우두머리가 있다!"

바그나는 나름 계책을 꺼냈다. 야만인 사회에서는 전투에서 선두에 서는 자가 그 무리의 수장이다.

'야만인의 수장을 죽여서 사기를 꺾는다.'

사방으로 날아가던 화살들이 점점 좁아지더니 일정지역으로 뭉쳤다.

"우오오오오오!"

사미칸은 쩌렁쩌렁 울리는 목소리들 속에서 뛰었다. 숨이 차올랐지만 그는 결코 선두를 포기하지 않았다. 이런 전투에서 나가떨어진다는 건 대족장의 위신이 달려 있는 일이었다.

'저번 전투에서 패해서 도망쳤다. 그런 모습을 더 보여줄 순 없어.'

사미칸은 목구멍으로 치미는 구토기를 참아내며 소리를 내질렀다.

"진- 군하라! 저들은 우리를 두려워하고 있다! 우린 하늘의 벼락이요! 공포니라!"

피를 짜내는 듯한 외침에 전사들이 호응했다. 쏟아지는 화살이 몸에 박혀도 아랑곳하지 않고 전진했다. 부족전사 특유의 광기가 군대를 뒤덮었다. 목이 떨어지기 전까지 멈추지 않는 야만보병들은 제국병사들에게 악몽과도 같았다.

"네 피를 내놔라!"

사미칸이 가장 앞에 있는 병사의 머리채를 잡아서 베었다. 그는 얼굴에 튀는 피를 거부하지 않고 입을 열었다. 적의 생명을 마셔 자신의 것으로 삼듯이, 뜨겁고 비릿한 액체를 목구멍으로 넘겼다.

'내게 시간을 주시오. 누구라도 좋으니, 이 사미칸에게 바스라지지 않을 힘을……'

사미칸이 짧게 감았던 눈을 떴다. 멈춘 시간이 흘러가듯 전장의 비명이 귓가에 맴돌았다.

"대족장!"

뒤에 있던 전사들이 외쳤다. 갑자기 화살들이 집중되더니 연맹군의 선두로 떨어졌다. 이미 진영이 뒤엉킨 상태라 제국군도 화살에 같이 맞았다.

"대족장을 지켜라!"

푸른안개 전사들이 앞을 다투며 튀어나왔다. 그들은 자신이 죽는 한이 있어도 사미칸을 지킬 자들이었다.

사미칸의 시야는 전사들의 몸뚱이로 뒤덮였다. 사내들의 끈적끈적한 땀 냄새와 피비린내가 뒤섞였다.

"카학!"

화살의 대부분은 사미칸 앞에 있던 전사들에게 박혔다. 전사들은 죽어가면서도 무릎을 꿇지 않고 사미칸을 보호했다. 하나 전사들 겨드랑이 틈을 비집고 화살 하나가 날아왔다.

"오."

사미칸이 점이 된 화살촉을 보며 입술을 달싹였다.

피슛!

화살이 사미칸의 가슴에 명중했다. 그의 몸이 휘청거리며 뒤로 넘어갔다.

to be continued